CHARADE BUNKO

Illustration

笠井あゆみ

CONTENTS

◆プロローグ◆

柔らかな風が瑠衣の頬を優しく撫でる。

母が好きだった薔薇は、母が亡くなった今でも庭に綺麗に咲き誇っていた。それは瑠衣にとって、とても寂しく辛い景色であっても、失くすことができないものの一つである。

「瑠衣、挨拶をしなさい」

父の声に、瑠衣は薔薇から目を離し、正面に座る少年と新しく母になる女性に顔を向けた。

四阿に用意されたテーブルには美しいデザートと共に、香り高い紅茶が用意されている。すべては目の前の二人をもてなすためのものだ。

瑠衣が六歳の時に母が亡くなってから四年、とうとう父が再婚することになった。

「初めまして、瑠衣と申します」

「初めまして、エレーナです。この子はレックス。瑠衣君と同い年なんだけど、誕生日が遅いからあなたの義弟になるわ。仲良くしてあげてね。ほら、レックス、ご挨拶しなさい」

「……レックスです」

無愛想に呟いた少年は、銀に近いきらきらとしたプラチナブロンドの髪にエメラルドグリーンの瞳を持つ、まるで絵本から抜け出した『雪の王子様』のようだった。

対して瑠衣は日本人だった母の外見をそのまま受け継ぎ、黒い髪に黒い瞳である。そのため自分とはまったく違うレックスの容姿に、つい見惚れてしまった。

「綺麗な銀の髪……」

「え？」

瑠衣の呟きにレックスが驚いた表情を見せた。

「あ、ごめんなさい。男の子に対して綺麗なんて言ってしまって……」

瑠衣は慌てて謝った。するとレックスが少し俯いてぼそぼそっと呟いた。

「君のほうが綺麗だ」

「え？」

今度は瑠衣が驚く番だった。確かに使用人からは艶やかな黒髪だとか言われたことがあるが、目の前のきらきらとした少年に比べたら、綺麗とは言いがたい。

するとと父が笑った。

「瑠衣はこんなに綺麗な髪を見たことがなかったかな。レックスの髪の色は亡くなったお父さん譲りらしいぞ」

「亡くなったお父さん……」

瑠衣の興味が一気にレックスに向く。瑠衣も母を亡くして辛い日々を過ごしているが、目の前の少年も同じ気持ちなのではないかと思った。

「お互い片親を亡くし、そして新しい家族迎える。二人とも同じ立場だ。仲良くしてくれ」

父の言葉に瑠衣は頷くが、レックスは瑠衣の顔をじっと見つめたままだった。

レックスに嫌われたくないな。初めてできた義弟だから、仲良くしたい――。

瑠衣はそんなことを思いながら、レックスに笑みを向けたのだった。

そして三年後。二人は揃ってロンドン郊外にある、全寮制男子校のエドモンド校へと入学することになる。

◆ Ⅰ ◆

どんよりとした分厚い灰色の空から雪がちらちらと舞い落ちる。昼間であるのにすでに陽が傾き始めているため、渡り廊下の窓の向こう側に見える景色は、冷え冷えとした薄暗い灰色の世界に染まっていた。一月のイギリスの典型的な風景だ。

ここ、ロンドン郊外にあるエドモンド校は、現在、十三歳から十八歳の良家の子息が千三百人ほど学んでいるパブリックスクールである。

伝統に重きを置くパブリックスクールでは珍しく、あらゆるバースを平等に受け入れるという、前衛的な全寮制男子校でもあった。

アルファ以外のバースでも優秀な人材がいる。そんな優秀な人材を、バースという枠だけで排除するという考えに疑問を呈しており、率先して平等な教育環境を整えていた。

クリスマス休暇を家族と過ごし、エドモンド校に戻って二日目。

授業が終わり、校内にある大聖堂から聖歌隊の声が聞こえてくるのを耳にして、瑠衣・ソード・ブライアンは改めて学校に戻ってきたことを実感する。

今日はいつもの歌声ではなく、エドモンド校の聖歌隊の中でもトップクラスの聖歌隊『コンソート・クワイアー』のものだ。

イギリス国内だけでなく海外でも人気の聖歌隊で、海外ツアーではいつもチケットが完売するほどだった。そんなひと際美しい天使の歌声が響き渡る灰色の校舎は、白い花びらのような雪が静かに舞い散り、どこか幻想的だ。

聖歌が厳かに響く中、瑠衣が友人とファグを連れて渡り廊下を歩いていると、向こうから多くの生徒を引き連れたグループがやってくるのが目に入る。すぐに誰かが声を上げた。

「キングだ！」

その声に瑠衣も視線を正面に向ける。その呼び名の通り、堂々とした身ごなしでこちらに向かって歩いてくる青年が目に入った。

「アストラルの王だ」

「アストラルの王、キングに就任してからさらにかっこよくなったよね」

キングの姿を目にした生徒らが嬉しさを隠し切れない様子でそわそわし始めた。

キング――。エドモンド校において絶対的君主であり、生徒で校舎内に執務室を持つことを許される唯一の存在だ。カリスマ性のある生徒しかなれないこともあって、キングは常に憧れの的であり、多くの生徒から慕われていた。

そのキングに、瑠衣の義弟であるレックスが選ばれたのだ。

レックス・ガーランド・ブライアン。レックスというのは、ラテン語で『王』という意味があり、さらに銀に輝く髪がまるで星を集めたようだと言われているのもあって、エドモンド校では彼のことを『アストラル(星)の王』とも呼ぶ。まさにキングに相応(ふさわ)しい二つ名だった。

瑠衣がマンスフィールド寮の副寮長であるのに対し、彼はウォーチェスター寮の寮長でもある。すでにアルファに覚醒している彼は、瑠衣が十歳の時に父親が再婚した女性の連れ子だ。

初めて会った時から印象的なプラチナブロンドは、本物のプラチナよりも美しく輝き、会った当初は、絵本の中から雪の王子様が出てきたのではないかと思ったほどだった。見惚れるほどの美少年はこの八年で大きく成長して、王子ではなく王と囁(ささや)かれるようになり、今や誰をも魅了し、そして圧倒するキングとなっていた。

キングになるのは並大抵のことではない。まずエリートばかりが集まるこの学校で、好成績を収め、少なくとも四学年生でシックスフォームに上がり、監督生の栄誉を得なければならない。そして寮生たちと切磋琢磨(せっさたくま)し、監督生の中から選ばれる寮長となって、やっとキングへの道が開く。最終的には各寮長からさらに数人に絞られ、選定会によってキングが決められるのだ。

キングに任命されることは、在学中だけでなく、その後の社交界でもかなりの名誉とされ、上級社会で成功したければ、まずキングの座を狙えと言われるほどだった。

相変わらずかっこいいな……。

思わず見惚れてしまう。秘密にしているが、実は瑠衣はレックスにずっと恋をしていた。義兄弟であるがゆえに節度をもって接しているつもりだが、溢れそうになる恋心を抑えるのにいつも苦労している。

彼にばれて迷惑をかけたくない……。

瑠衣が他の生徒と同様にキングに道を空けようと廊下の隅に移動すると、レックスが声をかけてきた。

「義兄さん、もう授業は終わったのかい？」

レックスの後ろには彼の友人の他にファグや取り巻きがいるので十人ほどのグループになっている。それを率いる彼は、まさにキングそのものだった。

「ああ、寮へ戻る途中だ。レックスは今からチェス会議か？」

チェス会議というのはキングを議長にして、各寮の寮長がお互いの親睦のために行う、欠席は許されない重要な会議だった。

もちろんそれは表向きの話で、実際は寮同士の情報収集合戦だ。

言葉の裏で操られる巧みな駆け引きや、頭脳戦を涼しい顔で繰り広げる様は、完璧な芸術でも見ているような気分になるという。特別な彼らはディベート能力も抜きん出ていて、こういった会話能力を学校生活で研き、社会に出た後にも発揮した。

「あまり無理するなよ。君は時間がないとすぐに食事を抜こうとするからな」

「義兄さん、ありがとう。気をつけるよ」

レックスがふわりと笑う。途端、周囲でどよめきが起こる。

「ふわぁ……っ、アストラルの王があんなに優しく笑いかけるのは、お義兄さんにだけだよね」

「瑠衣様が羨ましいな。僕もあんなふうにキングに見つめられたいよ」

「無理無理、セレーネの君は、キングにとっては特別な方だから、君とは雲泥の差だよ」

セレーネとはギリシャ神話に出てくる月の女神の名前だ。日本人の亡き母の面影を色濃く受け継いだ瑠衣は、その神秘的な黒い髪と瞳、そして透けるように美しく輝く真珠色の肌をしている。まるで『月の女神』のようだと周囲から言われ、とうとうつけられた二つ名が『セレーネの君』だった。

最初の頃は抵抗があり、口にする生徒に抗議していたが、それも時間が経つにつれ訂正する気力も失せ、今は好きに言わせていた。これもエドモンド校の伝統なのだ。

「義兄さん、引き留めて悪かった。気をつけて帰って」

どうやらオメガである瑠衣の発情期が近づいているようだ。遠回しに注意を促してきた。

「気をつけて帰ってって……、寮はすぐそこだよ」

レックスは瑠衣に対して少し過保護だ。これではどちらが義兄（あに）だかわからない。

「そうやって気を緩めるのが危ない。グリース、義兄さんの身の回りには充分気をつけるように」

「はい、キング」

グリースというのは瑠衣のファグだ。ファグというのは、各寮で最上級クラス、シックスフォームに在籍している四、五学年生の監督生の身の回りの世話をする一学年生のことを指す。

監督生はファグに自分の身の回りの雑用をさせる代わりに、彼らが円滑に学園生活を送れるよう手助けし指導していく、生活面での教師のような役割を担っていた。

だがグリースは瑠衣だけでなく、レックスの指示も優先的に聞き、動いている。それにどうしてかレックスもグリースを気に入っているようで、よく二人で話をしているのを見かけた。

「まったく、レックス、いつの間に私のファグを上手く手懐（てなず）けたんだ」

「嫉妬しているのかい？　大丈夫だ。私の心は義兄さんだけのものさ」

「ぐふわぁぁ……」

周囲でレックスと瑠衣のやり取りを見ていた生徒らが、なんとも表現できぬ悲鳴を上げる。中には大袈裟（おおげさ）に倒れ込む者もいた。

普段から義兄弟にしては仲がよすぎるとレックスと瑠衣の関係を勘繰る生徒も多い。

そんな彼らの様子に瑠衣も居たたまれなくなり、早々に引き上げることにした。本当は瑠衣こそがレックスの人誑（ひとたら）しのオーラを直（じか）に浴び、心臓がばくばくして挙動不審になりそうなのだ。今はそれを必死に耐えて冷静に対処しているだけだった。

「レックス、じゃあ、私はこれで失礼する。君もこのままだとチェス会議に遅れるんじゃないか？　急がないと」

「ああ、そうだな。じゃあこれで」

レックスの声に瑠衣は小さく頷くと、そのままレックスと別れ、グリースを連れて寮へと向かった。

＊＊＊

レックスは寮へと帰っていく瑠衣の後ろ姿をさりげなく振り返って見つめ、そしてすぐに踵（きびす）を返した。すると——。

「セレーネの君、やっぱり近くで見ると綺麗だよな」

「傍にはいつも誰かがいて、なかなか話しかけられないけど、卒業されるまでにはお話ししたいよなぁ」

レックスは思わずその声のするほうへと冷たい視線を向けた。それまで笑顔で話していた生徒の表情が強張る。

「君たち、授業が終わったのだろう？　こんなところで油など売っておらず、早く寮へ戻りたまえ」

「は、はいっ。申し訳ありません」

「し、失礼しますっ！　キング」

それまで瑠衣の噂をしていた生徒たちは青い顔をしてそそくさとその場から去ったが、レックスの眉間の皺はまだ取れなかった。

「君、ほんと、お義兄さんのことになると容赦ないよな。善良な生徒を威嚇しない。ったく、キング選定会の前は、票のためとはいえ、全方向にあんなに愛想よくしていたのに……」

その場に一緒にいた友人であり、ウォーチェスター寮の副寮長でもある、ギルバート・フォックス・ラッセルが話しかけてくる。

「瑠衣に不埒な想いを抱く輩を追い払って何が悪い？　停学にせず、注意だけで済ませたんだ。むしろ寛大なほうだと思うが？」

「はいはい。確かにましだな。普段はもっとえげつないからな」

「フン」

レックスは彼の言葉に鼻を鳴らして応え、チェス会議が行われる講堂へと足を向けた。

瑠衣は元々その品のある容姿から多くの生徒から人気がある。そのため瑠衣に話しかけようとする生徒が大勢いた。さらに瑠衣がオメガに覚醒した頃からは告白しようとする者まで現れるようになり、レックスは普段から瑠衣の周辺に目を光らせている。瑠衣のファグも抱き込み、不審な者が近づかないように護衛をさせていた。

つい先日も瑠衣にラブレターを渡そうとしていたストーカー紛（まが）いの生徒がいたことをグリースから聞き、その生徒を軽く罠（わな）に嵌（は）め、校則を破るように仕向けて一週間の停学処分にしたところだ。

それを一緒に画策したギルバートに『えげつない』とは言われたくない。

「瑠衣に相応しい人間が現れれば、私は身を引くよ」

「心にもないことを言うな」

呆（あき）れたようにギルバートに突っ込まれた。だがこれは紛れもなくレックスの本心だ。瑠衣が『義弟』だと言うのなら、レックスもまたよい義弟であり続けようと思っていた。たとえ躰（からだ）の関係があったとしても、今ならまだギブアンドテイクだと瑠衣に思わせ、自分の心を隠し通すことができる。

瑠衣に相応しい人間が現れたら――。

レックスは嫉妬で顔が歪みそうになるのを堪えずにはいられなかった。

「急ぐぞ」

想いを振り切るかのように、チェス会議が行われる講堂へ足早に向かう。厳かに校内に響く聖歌隊の歌声は、レックスの荒れる心に静かに染み込んでいった。

＊＊＊

エドモンド校にある十五の寮の一つ、マンスフィール寮のサロンには、去年寮生たちでわいわい騒いで作ったクリスマスツリーの片づけが始まっていた。

クリスマス関連のものは、クリスマスから十二日後、一月六日の公現祭に片づけられるのが通例だ。エドモンド校は七日から新学期が始まることもあり、生徒は四日の十八時から六日の十五時の期間に戻ってこなければならなかった。そのため、この片づけにはすでに全員揃っている。

副寮長でもある瑠衣は、クリスマス仕様から普段通りに戻ってしまったサロンで、親しい寮生たちとティータイムを過ごしていた。部屋の隅では下級生らがクリスマスの片づけを終了させ、今度は上級生のお茶の支度でばたばたしているが、これもいつもの光景だ。

だが今日は少しだけ瑠衣の気持ちが沈んでいた。理由は先ほど受け取った実家からの手紙だ。エドモンド校生はキングを除いてスマホの使用を休日以外は禁止されているので、確実に伝えられるよう手紙を送ってきたのだろう。

クリスマス休暇で家族と会ったはずなのに、その時には話さず、わざわざ手紙を送ってきたことに一抹の不安を覚えたのだが、その予感が当たった。

それは義母からの手紙で、瑠衣の結婚について書かれてあったのだ。

瑠衣は伯爵家のオメガで、貴族の中ではかなり希少な存在である。そのためアルファ至上主義の貴族たちから、世嗣（よつぎ）のつがい候補として人気が高かった。

だが瑠衣はブライアン伯爵家の嫡男で、嫁がせるわけにはいかなかった。実父であるブライアン伯爵もそのつもりである。

そんな中、父の事業の取引先で一、二を争う海運王、マーベリン家が瑠衣とアルファに覚醒した長男の結婚を打診してきたのだ。マーベリン家は貴族ではないが、イギリスでも屈指の富豪であり、世界中に事業を広げている実業一家でもあった。

そんな家と親戚関係になることは、願ってもないことだ。しかもいずれ瑠衣の子供が跡を継ぐとなれば、ブライアン伯爵家としてもかなり有益な結婚となるだろう。だが、それでも父は渋っていた。理由はわかっている。オメガに覚醒したからといって瑠衣を嫡子から外すということが彼の正義に反しているからだ。

後妻を娶った時に、瑠衣を決して不利な立場にしないと先妻の墓前に誓ったことも理由の一つだろう。父は常に瑠衣を立てて、嫡男としての教育を瑠衣がオメガに覚醒した後も続けていた。

だが義母は違う。

義母は父との間に生まれたヘイゼルに、ブライアン伯爵家を継がせたがっていた。義母は元々子爵家の娘で、平民の男と駆け落ちしてレックスを産んだ。しかしその男が病死したことによって、子爵家に戻ってきたという経緯がある。

そのため、自分の若気の至りで息子のレックスが無爵位であることを非常に気にしていた。だからこそ今度の息子には絶対伯爵位を与えたいと考えているようだ。

ただ、義母なりに瑠衣の幸せも考えているようで、やみくもに追い出すのではなく、オメガである瑠衣を大切にしてくれる嫁ぎ先を選んではきていた。

マーベリン家と婚姻を結ぶことは、ブライアン伯爵家にとってかなり有益なものとなる。瑠衣自身でさえ、伯爵家の将来を思えばその恩恵を得てほしいと思うほどだった。

マーベリン家の長男はジャックといい、同じエドモンド校生でもあるので、瑠衣もなんとなく人となりを知っていた。一つ年下であるが、しっかりした青年だったように思う。

義母は今後オメガとして生きる瑠衣を憂い、アルファと結婚して庇護してもらってはどうかと手紙に綴(つづ)っていた。ヘイゼルがブライアン伯爵家を継ぐための言葉だとわかっているが、義母の意見も理解できた。

オメガである瑠衣がブライアン伯爵家の当主になるのは心もとないのだ。アルファのつがいを迎え入れるにしても、オメガとアルファでは、舵(かじ)を取るのはそのバースの性質上、アルファで、オメガではない。それは瑠衣がブライアン伯爵家の当主になったら、その実権をつがい――他人に委ねてしまうことを意味していた。

他人にブライアン伯爵家の未来を委ねることはできるだけ避けたい。

それに結婚するのを前向きに考えたくなる要因が瑠衣にはあった。

義弟、レックスの存在だ。

義弟であるのに、恋愛感情を抱いてしまっていることをレックスには知られたくなかった。それに、結婚が決まれば、瑠衣もレックスを諦めることができるような気がした。

……これはレックスを諦められるチャンスかもしれない。少しでも躊躇(ちゅうちょ)したら、いつまでも彼に想いを残してしまう。

「結婚か……」

つい言葉を漏らしてしまう。するとちょうど後ろを通りかかった友人の一人、トビーが声を上げた。

「え？　瑠衣、結婚するのか？　誰とだ？」

急に背後から突っ込まれ、瑠衣は思わず振り返る。周囲も瑠衣が結婚するという言葉に反応し、こちらに視線を向けてきた。

「ほら、君が大きな声でそんなことを言うから……」

じろりと睨んで注意をするが、トビーは椅子の背に手をかけて瑠衣の顔を覗き込んでくる。

「だが、瑠衣、君が結婚するって言ったんだぞ。というか、キングは君の結婚を許しているのか？」

「違う、結婚しないよ。それに結婚するにしても、どうして義弟の許しがいるんだ」

瑠衣が結婚を否定したことで、その場にいる寮生たちが安堵したかのように息をつくと、それぞれ自分が今までしていたことを再び続けた。

「なんだ……。驚かせるなよ。瑠衣が結婚なんて初耳だったから、びっくりしたぞ。だけど、どうして結婚なんて話が出たんだ？」

「いや、ここを卒業して大学に入ったら、そろそろ結婚の話が出始めるのかなって、将来を考えていただけだよ。大体、トビーもそんな感じだろう？」

「うーん……。どうだろう。僕は次男だから兄よりは気楽なんだよな。あまり親も煩くないし。大学を卒業して仕事をし始めて落ち着いたら、考えるよ」

「仕事か……」

瑠衣も父の事業を継ぐつもりではいたが、もし他家に嫁ぐことになったら、何か仕事をしていたほうがいいのかもしれない。

レックスもすでに事業を成功させて、それなりに稼いでいると聞いていた。瑠衣もブライアン伯爵家を継がない未来というのを視野に入れて、これから動いていかなければならない気がした。

「トビー、ハウスマスター(舎監教師)が呼んでいるよ」

サロンの戸口で寮生の一人がトビーに声をかける。

「うわ……。この間、階段の手すりを壊した件かな。あれ、わざとじゃないんだけどな。はぁ……、仕方ない。行ってくるよ、瑠衣」

「ああ、しっかり叱られてこい」

そう言ってやるとトビーが恨めしそうな顔をして、そのままサロンから出ていった。そしてトビーの入れ替わりに親友の寮長、ノア・ウィルソンがちょうどサロンに入ってくるのが見える。瑠衣と目が合って、笑顔を零(こぼ)した。

「ああ、ここにいたのか、瑠衣」

「何かあったのか？　ノア」

「あ、いや、今チェス会議が終わって、君の義弟様からこれを渡された」

渡されたのは瑠衣が好んで食べる洋菓子店のクッキーだ。先ほど校舎の渡り廊下ですれ違った時はそんな話をしていなかったから、あれからファグにでも買いに行かせたのだろう。

　レックスはいつも気を遣ってくれる……。

　彼の優しさに瑠衣の表情が緩んでしまう。するとノアが呆れたように言葉を足した。

「相変わらず君の義弟様は君には甘いよな。過保護というか……牽制というか……」

「少し過保護なのは認めるけど、なんだよ、牽制って。どうしてレックスが君に牽制しなくてはいけないんだ？　以前から言っているが、彼は優しい子なんだ。君のところの兄弟仲と一緒にしないでくれないか」

「キングに対して『子』なんて言い方するのも、君くらいしかいないぞ。あと誤解のないように言っておくが、私の弟はやんちゃだが、とても可愛いからな」

「じゃあ一緒だ」

　にっこり笑って言ってやると、ノアが嫌そうな顔をした。

「うちの可愛い弟と、君のキングを一緒にされるなんて、いまいち喜べないな」

「酷い言われようだ」

　つい瑠衣も笑ってしまう。

「それにさ、わざわざ瑠衣にクッキーを渡してくれと私に言ってくること自体、私を牽制しているんじゃないのか？　渡したいなら自分で渡せばいいのに。機会ならたくさんあるだろう？」

「面と向かって渡しにくかったんだろう？　あれで結構、照れ屋なところがあるし」

「いやいや、絶対に瑠衣に対して独占欲を示されている気がするんだが？　大体、『アストラルの王』は瑠衣の傍に私がいることが気に入らないようだし」

確かに新入生の時に、レックスは瑠衣と同じ寮になれなかったことに落ち込み、ノアを羨ましがってはマンスフィール寮の寮生になりたいとしばらくずっと言っていた。今はウォーチェスター寮の寮生たちと上手くやっているし、キングでもあるのだ。未だにマンスフィール寮の寮生、しかもノア個人を羨ましがっているとは思えない。

でも一学年生の時に、私と一緒の寮になりたいと文句を言っていたレックスも可愛かったよな……。

あの頃のふくれっ面のレックスの様子を思い出し、また瑠衣の顔が緩む。

「その顔は、私の言うことをまったく信じていない顔だな、瑠衣」

「そんなことはないが……まあ、万が一、レックスが君のことが気に入らないと言って冷遇してきたら、一応庇ってやるよ」

冗談でそう言ったのに、ノアはそれを本気にして、絶対だぞ、と念押ししてきた。

「意趣返しにそのクッキー、瑠衣は食べずに私が全部食べたってキングに言ってやったら、彼、どんな顔をするだろうな」

ノアがそう言いながら瑠衣が手にしたクッキーの包みを奪おうとしてきたので、軽くノアの手を叩いて阻止した。

「ったく、ノア、大人げないことするなよ。大体レックスは、そろそろ私が発情期に入るから、気を遣ってくれたんだ。変に疑ってかかるような見方はしないでくれ」

オメガには三か月に一回、二週間ほどの発情期がある。狂おしいほどの性欲に苛まれ、理性を失うことさえも多々あるというオメガにとっては、問題の多い時期だった。

このエドモンド校においてもオメガの発情期においては充分な準備をしている。

抑制剤を飲み、フェロモンを抑え込めるオメガであれば、発情期中も自分の寮に滞在し、普段と変わらず授業に出席できる。各寮もオメガのフェロモンが他の部屋に漏れないよう施工され、オメガには万が一の時も考慮し発情期の間だけ一人部屋を用意していた。

共同生活を促すのは、社会に出てから、発情期中のオメガと接することがあっても、お互いに律することができるよう学生の頃から訓練するという意味もあるようだ。

ただ、オメガの生徒の中には、薬が効きにくい体質であったり、なんらかの理由で抑制剤が飲めなかったりする者もいる。そのため、そういったオメガが一時的に避難する寮もあった。

アルテミス寮――――。発情期に入ったオメガだけが滞在することができる特別寮だ。

狂おしい発情期、処方される薬で最悪を回避しながら耐えるだけであるが、常駐の専門医もおり、孤独に陥りやすくなる発情期のオメガの心の支えとなっていた。そして発情期が明けると、げっそりするほどの大量の宿題と共に、元の寮に戻るのだ。

瑠衣は幸い、アルテミス寮に入らずに済んでいる。だがそれはそれで、どうにかしなければならない問題が実は隠れていた。

「まあ、仮に瑠衣の言う通りなら、まめだよな、キング。そうやって周囲に気遣いができる人間だからキングにもなれたのかもしれないけどな」

「そうかもな。あ、御井所、ここだ」

瑠衣はサロンの戸口で人を探している様子の後輩、四学年生の御井所に声をかけた。実は御井所に手が空いたら来てほしいと伝えてあったのだ。

「副寮長、何かご用でしたか？」

「ああ、御井所。悪いが、また今回も私のファグ、グリースを君に任せていいかな」

御井所由葵。彼は四学年生ですでに監督生という優秀な生徒であり、次期寮長候補、ナンバーワンと言われる日本人だ。まだバースは未覚醒ではあるが、もしかしたら次期キングになるのではないかと期待されている人物でもあった。

「はい。そのつもりで準備しています」

瑠衣が発情期を迎える時は、いつもこの優秀な後輩に自分のファグのサポートを頼んでいる。オメガとの接触に慣れていない一学年生は、わずかなフェロモンでも苦痛を感じるかもしれないので、瑠衣はこの期間はファグと離れて過ごすことにしていた。

「じゃあ、グリースにも君にマスターの代理をしてもらうことを伝えておくよ。あと、これ、一応ここ三か月のグリースに関することを簡単にまとめたものだ。目を通しておいてほしい」

「わかりました」

『花のアフロディーテ』とも呼ばれる彼は、その呼び名に相応しい美しい笑みを浮かべ、瑠衣の用意した書類を大切そうに受け取ってくれた。彼自身も来季の寮長選やその先のキング選定会への下準備に忙しいはずなのに、快く引き受けてくれる。彼のこういう態度が、寮の中でも評価されているのだと改めて感心した。

「迷惑をかけるが、よろしく頼むよ」

「いいえ、グリースは私のファグ、エリオットと同様、賢い生徒ですので、迷惑ではありません。それこそ副寮長、あまり無理をしないでください」

「ああ、ありがとう」

「では僕はこれで失礼します」

「忙しいところすまないな、御井所」

瑠衣の声に御井所は笑顔で軽く会釈をすると、サロンから出ていった。すると後ろ姿を一緒に見送ったノアが小さな声で話しかけてくる。

「御井所はそつがないな。寮長の私から見ても、次期寮長になるべくしてなる男だと思うよ」

「ノアが言うと、本当に御井所がなりそうな気がしてくるよ」

「まあ、他にも寮長候補はいるが、そのうちの一人のラングレーは完全に御井所派だからな。彼自身は立候補しないだろうし。他は御井所の戦略には敵わないだろう」

ロベルト・ラングレーは御井所の友人で、やはり優秀な生徒であるが、彼自身、御井所を次期寮長だと推していた。

「御井所はベリオール寮のアークランドと共に次期キング最有力候補だと噂されている。こうなると、久々に我が寮からキングが出るかもしれないな」

どの寮も自分の寮からキングを出すことは悲願の一つだ。マンスフィール寮も例外ではなかった。

「御井所がキングになる姿を見たいな」

キングになってマンスフィール寮の寮旗を翻す御井所の姿を想像する。

「はぁ……。キングはともかく、ついこの間、私も寮長になったばかりだというのに、もう次の寮長のことを考えないといけないなんて、時間は早いな」

そんなことをノアが呟く。楽しい時間は過ぎ去るのが早い。いろいろと規律が厳しいエドモンド校ではあるが、間違いなく瑠衣にも、そしてノアにも素晴らしい場所であることには違いなかった。

「マスター、お茶のお代わりをお持ちしましょうか？　寮長もいかがですか？」

ノアと二人で感慨に耽っていると、瑠衣のファグ、グリースが寄ってきて声をかけてくる。

「ああ、貰おうかな。それからグリース……」

瑠衣はちょうどよかったとばかりに、グリースにこれからのことを説明し始めたのだった。


瑠衣の部屋はマンスフィール寮の一階、一人部屋である。

一般的にエドモンド校の寮生は、一学年生が六人部屋、二学年生から三学年生が四人部屋、そして四学年生が二人部屋になっているが、五学年生になると一人部屋が与えられている。ただし、監督生に選ばれると四学年生でも一人部屋が与えられるという仕組みだ。もちろんオメガに覚醒した者においては、発情期は一人部屋が与えられるようになっていた。

瑠衣は四学年生から監督生に選ばれていたので、その時から一人部屋を与えられている。オメガに覚醒したのが一人部屋になってからだったので、そのまま発情期になっても同じ部屋を使うことができて面倒がなかった。

さらに五学年生で部屋を引っ越しする際、副寮長に決まっていたので、他の五学年生よりも少し大きい個室を貰っている。部屋が大きいと私物で書棚を入れることもでき、数多くの書物も一緒に持ち込んでいた。そのため発情期で部屋に籠もりがちになっても読書三昧ができ、快適に過ごせるようになっている。

そんな快適な部屋で瑠衣が明日の予習をしていると、窓に軽いものが当たる音がする。急いで椅子から立ち上がり、窓を開けた。

「こんばんは、義兄さん」

闇夜にも目立つ美しいプラチナブロンドが風にふわりと揺れるのが目に入る。義弟、レックスだった。

「どうしたんだ、こんな夜更けに」

いつも来る時は連絡があるのに、今夜は連絡がなかった。

「いいから、早く入れて。誰かに見つかったら大変だ」

レックスに急かされる。言いたいことは山ほどあったが、彼の言う通りなので、仕方なく彼が部屋に入りやすいよう、窓を大きく開けた。

「……静かに入って」

瑠衣はレックスを部屋に招き入れた。彼はいとも簡単に窓を乗り越え、部屋に入ってく

る。瑠衣は周囲を見渡して誰も見ていないことを確認すると、静かに窓を閉めた。

「寒かっただろう？　ほら、タオルで拭いて」

ちらつく雪の中やってきた彼に、瑠衣は慌ててタオルを差し出した。

「大丈夫さ。コートも着ているから、こんな雪、別にどうともない」

せっかくタオルを差し出しても受け取ろうとしない彼を、瑠衣は仕方なく拭いてやる。

「風邪(かぜ)を引いたら大変だ」

文句を言いながらごしごし髪を拭いてやっていると、レックスが手を摑(つか)んで見つめてきた。不意な行為に瑠衣の心臓がドキッと大きく脈打つ。自分の邪(よこしま)な想いを彼に知られないよう、瑠衣はポーカーフェイスを保つのが大変だった。

「ほら、手を放せ。髪が拭けないだろう？　レックス、本当に風邪を引くぞ」

「義兄さんに看病してもらうからいい」

「何を言ってるんだ、もう。ウォーチェスター寮の寮長……いや、キングが、消灯時間後にマンスフィール寮に忍び込んでいるってばれたらどうするんだ」

するると突然レックスに抱き締められる。

「っ……」

息が止まりそうになった。

……お願いだから、こういうことを急にしてほしくない。

心の中でそう思いながらもドキドキしてしまう自分に嫌気が差す。だがこれもレックスにとっていつもの他愛もない戯れの一つであることはわかっていた。いちいち反応していたらきりがない。

瑠衣が頭の中で数をカウントして心を落ち着かせていると、レックスが口を開いた。

「義兄さん、そろそろ発情期だね。今日、渡り廊下で義兄さんに会った時、少しだけ甘い匂いが漏れていて、他の人間に気づかれないかヒヤヒヤした」

「レックス」

オメガのフェロモンというデリケートな話題を口にするレックスを窘めると、彼が悪戯を怒られた少年のように誤魔化し笑いをしながら肩を竦めた。

こういう仕草は子供の頃のままだし、結局は瑠衣の心配をして来てくれているので怒るに怒れなくなり、話題を変えるしかなかった。

「まったく……。それより制服のままっていうことは、今までフィフティーン・ドミトリーズの準備会の会議だったのか？」

フィフティーン・ドミトリーズとは、エドモンド校の十五の寮からそれぞれチームを作り、寮対抗で戦うトーナメント式のラグビー大会のことを言う。

エドモンド校では多くのことを寮同士で対抗させ、すべてポイント制としていた。一年を通して、合計ポイントが一番高かった寮が年間ＭＶＰを獲得できる。

ＭＶＰを獲ったからといって何かあるわけではないが、それは大変な名誉とされ、代々受け継がれるキングの手帳に寮の名が記載されることになっていた。

寮の名前が何回手帳に載ったかで、各寮の優劣が決められると言っても過言ではないので、皆必死だ。

それに上位三チームまでに入賞すれば、寮にポイントも加算されるため、各寮とも愛寮精神の下、毎年のことながら大いに盛り上がっていた。ただそれは同時に、運営側、キングやそれに追従するナイトと呼ばれる寮長たちも準備が大変だということだ。

「ああ、遅くなったから、そのまますぐに来た」

レックスは制服である白のファルスカラーのシャツの上に、キングにしか許されない色、臙脂色の光沢のあるシルクのベストを身につけている。

「適当に休めよ。君は少し働きすぎだ」

「大したことはない。先代のキングたちが代々やってきたことをしているだけだ」

「あまり無理をするなよ」

しがみつくレックスの背中をぽんぽんと叩くと、彼がさらに強く抱き締めてきた。

「ああ、義兄さんの顔を見たら、元気が出たよ」

「まったく手軽なキングだな。臙脂色のベストが泣くぞ」

瑠衣は強く抱き締められた腕をそっと外す。力が入っていたはずのそれは、意外と簡単に解けた。瑠衣はそのまま正面から義弟の顔を見上げる。悔しいことにレックスのほうが身長は高かった。

「義兄さんが着てもよかったんだぞ？」

「寮長にもなれなかった私だ。無理に決まっているだろう」

「そうかなぁ。私がマンスフィール寮にいたら、絶対義兄さんを寮長に推した。そしてそこからは裏工作をしてでも、キングにさせる」

どこまで本気かわからないが、屈託のない笑顔でそんなことを言うレックスに見惚れてしまいそうになり、軽く咳払いをして気持ちを切り替える。

「コホン……。不正は駄目だ。まったく冗談にしてもキングが何を言っているんだ」

瑠衣はキングであるレックスと違い、金ボタンの柄入りの銀のベストという五学年生の監督生が着る制服だ。さらに監督生であることを示す白いレースのハンカチーフを胸に差すことを許されている立場だった。

制服一つでその生徒の学年、立場がはっきりわかるようになっている。

「本心だよ。義兄さんならキングになれた」

「身内贔屓め」

「身内だからじゃないさ。心からそう思っている」

レックスが笑顔でそう告げるのを、瑠衣は溜息交じりで見つめた。彼は自分がブライアン伯爵家の実子ではないことを気にしているようで、いつも瑠衣を立てようとしてくれる。彼のほうが瑠衣よりも多くの面で優秀であることは誰が見ても事実であるのに、だ。

最初は彼から哀れみを向けられているような気がして嫌だったが、月日が経つにつれて、それがレックスなりの瑠衣への愛情の示し方なのだと気づいて、今は擽ったいような気持ちにもなっていた。

可愛い義弟なのだ。見た目はかなり大人っぽくなったが、義兄である自分が彼を受け止めるだけの器量がないといけない。好きになっている場合ではなかった。

「それで、本題に戻るけど、義兄さん、そろそろ発情期の対策をしないといけないんじゃないのか？」

「一応ファグの面倒を後輩にお願いしたが……」

「ファグのことではなくて、義兄さん自身のことだよ。さっきも言っただろう？　甘い香りが漏れ始めているって」

瑠衣は衝動的にうなじに手を当ててしまった。

「大丈夫、うなじを噛んだりはしないよ。悲しいな、私は義兄さんに信用されていないんだな」

寂しそうに呟くレックスに、瑠衣は慌てて弁明する。

「そうじゃない。生理的な行動だ。アルファに突然そんなことを言われたら、オメガは本能的にうなじを守る体勢をとる。君も授業で習っただろう？」

「そうだが……やはり傷つくな」

レックスが拗ねたように瑠衣を再び抱き締めた。

「レックス……」

「しよう、瑠衣」

こういう時にだけ口にされる『瑠衣』という呼び方に、劣情が刺激される。

「……発情期には少し早いだろう？」

だが瑠衣にはまだ理性は残っており、どうにか彼の誘惑を断ることができた。

「一日早いか、くらいだろう？」

「二、三日は違う」

食い下がってみるが、レックスは小さく笑う。

「物事に正確なのは瑠衣のいいところだが、細かすぎるのもどうかな」

「細かすぎるって……っ……」

レックスがいきなり瑠衣を抱き上げると、そのままベッドへと連行された。

瑠衣がアルテミス寮に入らずに済む理由――。それはレックスのお陰だ。

本来、瑠衣は抑制剤が効きにくい体質で、アルテミス寮に入ったほうがいいとされる生徒であった。だがアルテミス寮に入ると、宿題はあっても、やはり授業に遅れをとってしまうのは否めない。

初めてオメガに覚醒した時、瑠衣は義弟のレックスに遅れをとるまいと、必死になって勉強をしていた時期だった。そのため入寮はどうしても避けたかったのだ。

そんな中、レックスにある提案をされたのだった。

＊＊＊

瑠衣がオメガに覚醒したのは、四学年生になって一か月経った頃、十月だった。

酷い発情に、瑠衣は自分がオメガに覚醒したのを悟った。震える手で、バース覚醒前の生徒に念のために渡されるオメガの抑制剤を口にしたが、まったく効いてくる様子がなかった。発情に苦しむ中、瑠衣はアルテミス寮に強制的に退避させられた。

校医が言うには、覚醒時の発情はまだ躰が慣れていないため、抑制剤が効かないことがよくあるそうだ。そのため、次の発情期で抑制剤の効き具合を見て、アルテミスに退避するか、普段のままで学生生活が送れるかを判断することになった。

だが次の発情期を待つ前に、個人的に外部に依頼した血液検査の結果の知らせを持って、レックスが瑠衣のところへとやってきたのだ。

「義兄さん、検査結果が出たよ」

白いなんの変哲もない封書を手渡された。瑠衣はその封書の封を開け、中に入っていた診断書を見るや否や愕然とし、息が止まりそうになる。

呆然と結果を見つめていると、横からレックスがその診断書を奪った。

「レッ……」

「オメガ。抑制剤に対して耐性が強い傾向があり、効きにくい可能性が高い……」

彼が淡々と読み上げる。瑠衣にとっては絶望的な内容だった。心臓が痛いほど波打つ。

「……どうしたらいいんだ……。アルテミス寮になんて入りたくないのにっ……」

躰の震えが止まらず、瑠衣は自分の両腕を抱き締めた。するとレックスがそんな瑠衣をそっと胸に閉じ込めた。

「義兄さん、私とセックスをしないか？」

「え？」

何を言われたか一瞬わからず、瑠衣は顔を上げ、端整な義弟の顔を見上げる。

以前からレックスのことが好きだった。だが彼に対して義兄弟以上の愛情を抱いていることは、一生心の奥にしまい込んでおかなければならない秘密でもある。だからこそ、彼からセックスをしようと誘われるなんて考えたこともなく、恐ろしいほど動揺した。

「セック……いや、なんてことを言うんだ。私たちは義兄弟なんだぞ」

動揺しているせいか、瑠衣の躰が小刻みに震える。一方レックスはそんな瑠衣を落ち着かせようとしているのか、この場に似つかわしくない優しい笑みを浮かべた。

「抑制剤を飲んだ上で性交をすれば、発情は完全に抑えつけることができ、対外的にフェロモンは溢れないとされている。現に過去多くの生徒が、秘密裏にそうやって過ごしてきたのは義兄さんも知っているだろう?」

瑠衣は視線を床に落とした。

そう——知っている。

このエドモンド校は紳士になるべく優秀な生徒が集う学校ではあるが、時には裏で後ろめたい行為がされているのも事実である。

例えば不健全性的行為がどの寮でも暗黙の了解で横行しているのは誰もが知るところだった。健全な青少年が一つの寮に閉じ込められているのだ。間違いがないほうがおかしいと言っても過言ではない。

「三か月後、義兄さんはまた発情期に苛まれる。この結果ではアルテミス寮への入寮を強制されるのは確実だろう」

レックスに改めて言われ、自分の人生を悲観せずにはいられない。オメガに覚醒したという事実だけでも受け止めきれないのに、その上に抑制剤が効かないとなれば、絶望的だった。

つがいを見つけるまで、ずっと苦しまないといけないのか——?

好きな人がいるのに――レックスが好きなのに――、その想いを捨てきる前に、他の誰かとつがいにならないといけないのか――？

瑠衣はそのままレックスの腕から逃れ、近くにあったベッドに力なく座った。まだ膝が震えているのに気づき、手できつく膝を掴む。

これからの未来に対して不安しかなかった。

「義兄さん……」

レックスが勉強机から椅子を持ってきて、ベッドに座り込む瑠衣の前に置いて座り、顔を覗き込んでくる。視線を外したかったが、義兄としての矜持（きょうじ）が邪魔をして逸（そ）らすことができずに、彼の顔を真（ま）っ直（す）ぐ見つめ返した。彼の深い緑色の瞳に、怯（おび）えた顔をした瑠衣が映る。

「っ、セ、セックスなんて……誰彼かまわずするもんじゃない」

レックスが愛のないセックスを誰かとするようなことは想像もしたくなかった。自分の理想を押しつけているかもしれないが、ちゃんと愛している人と愛を育（はぐく）んでほしい。

「義兄さんには言いにくい話だが、私もそれ相応の思春期の、しかもアルファの青年だ。今はまだ大丈夫だが、いつかオメガに迫られて自分の性欲を抑えられない日が来るかもしれない。もしそれで誰かを傷つけることになったら、ブライアン伯爵家に顔向けができない」

レックスは同じ四学年生であるが、ルックスもさることながら文武両道な上、アルファということもあって、多くの学生から人気がある。そしてその中にはレックスの恋人になりたいと躍起になっているオメガの生徒がいるのも確かだった。

レックスはいつか誘惑に負けて、そういう生徒と不純行為をする可能性があるかもしれないと言いたいのだ。

「レックス……」

「だから、義兄さんがそんな私を救ってくれると助かる」

レックスの手が瑠衣の膝の上で握られていた拳をそっと包み込んでくる。

「義兄さんは私とセックスすることで発情期を普段と変わらない生活で過ごすことができるし、私も誰かを傷つけたり、そのことで誰かに陥れられたりせずに済む」

「陥れられるって……」

「次のウォーチェスター寮の寮長、そしてその先のキングも狙っている私には敵が多いんだ。ライバルたちやその派閥に、ちょっとしたことを大袈裟に言われたり、捏造(ねつぞう)されたりと、普段から足の引っ張り合いに余念がない」

キングを目指す生徒はかなり早い段階から、下準備をし始める。各寮にネズミと呼ばれるスパイを配置し、情報合戦が水面下で行われたりした。不利益な情報は格好の餌食(えじき)となり、キングへと続くエリート街道から簡単に蹴落とされるのだ。

とても瑠衣が太刀打ちできる世界ではなかった。だからこそ義弟のレックスがその道を目指すというのなら、微力ながらも手伝いたいと思っている。だが——。

「だからといって……その、それを君とするとか……無理だろう？」

こんな話題をすることでさえ、瑠衣の心臓がいくつあっても足りないのだ。実践するなど絶対無理だった。だが、

「私は無理じゃないが？　それとも義兄さんは私に触れることができないほど、私のことを嫌っている？　ああ、そうだよな……。ブライアン伯爵の血が一滴も入っていないのにブライアンを名乗る男なんて、図々しいにもほどがあるよな……」

レックスが途端に悲しげに顔を歪める。瑠衣の激しく鼓動する心臓が、瞬く間にきつく締めつけられた。

「き、嫌ってなどいない。君は昔から私のかけがえのない義弟だ。血なんて関係ない。そんなことを言うような人間がいたら、私が文句を言ってやる」

「じゃあ、私が困っているのを助けてくれる？」

「……考えさせてくれ」

即答ができない。いくらレックスへの秘密の恋を胸に秘めていたとしても、やはり肌を重ねることには抵抗があった。

「……義兄さんに一方的に頼むことは憚られるが、ギブアンドテイクなら、私を救ってく

れるのではないかと、少し希望を抱いていた。そうだな、義兄さんには無理を言ったかもしれない……」

レックスが寂しげに笑ったかと思うと、その手が瑠衣から離れる。

「アルファというのは、恵まれたバースのように思われているが、時には過酷な運命を背負わされることもあるんだ。どうしようもない劣情を発作的に誰かに向けるかもしれないと思うと、怖くて堪らない――。義兄さんがオメガに覚醒したと知って、もしかしてこの恐怖から逃れられるかもしれないと勝手に思っていた。すまない……」

アルファではない瑠衣にはわからないが、アルファというバースのせいで、アルファもまたつがいができるまで、オメガのフェロモンを意図的に当てられたりするのかもしれない。

それに惑わされないよう、必死に耐えているのがアルファの宿命なのだろうか。

レックスもそんな辛い状況に堪えているんだろうか。

愛している人を――レックスを救えるなら――。

離れていったレックスの指先を瑠衣は自分から摑んだ。そこからじわりと熱が生まれたような気がするのは錯覚だろうか。

「っ……当たり前だが、うなじを嚙むのは駄目だぞ。つがいになってしまうからな」

驚いた表情の彼と視線がぶつかる。

「私にはアルファの辛さはわからないが、もしオメガと同じ抗いがたい苦痛なら……できることなら、君にはそんな思いをさせたくない」

レックスにはできるだけ辛い思いをしてほしくなかった。義兄弟ゆえに彼に愛を告げることはできないが、遠くで彼が幸せでいてくれる姿を見ることができたら、これほど嬉しいことはないと思っていたぐらいなのだ。

ふとレックスが瑠衣の片手を手に取り、自分の口元に寄せる。

「大切に抱くよ、義兄さん」

「えっ？　ちょっと待て、レックス。今じゃないぞ、今じゃっ」

驚いてレックスの手を振り解くと、彼がまるで主人に叱られた子犬のような顔をした。

「次の発情期まで私のアルファの血が騒がないとは限らない」

「脅すな」

「なら、言い方を変えよう、義兄さん。私も経験がないから、いざ義兄さんが発情した時、上手く抱けるか自信がないんだ。失敗したら元も子もない。本当の発情期になる前に上手くできるか確認したい……」

「な、確認したいって……」

「私も不安なんだ」

「う……」

さすが次期キングと言われるだけはあって、説得が上手い。確かにレックスの言い分も理解できた。だがそれには心の準備が必要で、今すぐとなると、とてもでないが安易に頷けない。

「義兄さん、発情期を私と一緒に乗り越えよう」

ぐいぐいと押され、気持ち的に追い詰められた。

「二人だけの秘密にすればいい――」

ぎしりとベッドが軋む。レックスがベッドの上に膝を乗せたのだ。彼がしなやかな獣のように、ゆっくりと瑠衣のベッドに上がってきた。

怖い――とも思ったが、それ以外の感情も胸の奥に湧き上がる。

彼の指先が瑠衣の頬に優しく触れた。

「義兄さん、あまり深く考えなくていいよ。お互いに劣情を分かち合えば、誰にも迷惑をかけたりはしないだろう？　私たちだけで解決できる」

誰にも迷惑をかけたくない。

それは瑠衣の一番の思いでもあった。

「私を助けてくれ、義兄さん」

彼を助けることができるなら――。

一瞬でも彼のぬくもりを手に入れられるなら――。

瑠衣はレックスの最後の一押しにとうとう陥落してしまった。

「レックス――」

名前を呼ぶと、彼が瑠衣を見つめ、ふわりと優しく双眸(そうぼう)を細める。

彼のその表情を見て、瑠衣はこの判断が間違っているかどうか、深く考えるのをやめた。レックスの笑顔は、オメガへの覚醒で不安に押し潰されそうになっていた瑠衣の心を癒やし、勇気づけてくれるもので、とても手放せないものだったのだ。

それから発情期を何度も過ごし、学年も五学年生へと上級した。発情期の間はもちろん、そうでない時期も、今やレックスから請われると肌を重ねるようになっている。そして二人の秘密の情事は誰にも知られることなく続いていた。

だが愛のないセックスは心を疲弊させる――。

最初のうちは密(ひそ)かに愛していたレックスと肌を重ねることに心を満たされていたが、すぐにこの行為に愛が伴わないことに傷つくようになった。

瑠衣の心にはいくつもの想いが溜まっていくのに、行為そのものには何も意味がないのだ。レックスがまたなんでもないように求めてくるのも、道具になったような気持ちになり、瑠衣の心が塞ぐ原因となった。

ギブアンドテイク。

愛はないが、利はある。そう思って耐えるしかないのか。

この秘密の関係のお陰で、瑠衣はアルテミス寮に入らずに済み、日常生活をオメガというバースに狂わされることもなかった。レックスも思春期の激しい情欲を瑠衣と合意の上で消化できるので、他所（よそ）で失態を犯すこともないらしい。

辛くても今はこの関係を続けるのがベターなのだと瑠衣は信じたかった。

＊＊＊

「物事に正確なのは瑠衣のいいところだが、細かすぎるのもどうかな」

「細かすぎるって……っ……」

レックスが瑠衣を抱き上げ、ベッドへと下ろした。そして慣れた手つきで瑠衣の寝間着を脱がせていく。

「っ……」

今までと違う抵抗感が、瑠衣の中から突如湧き起こる。すぐに義母からの手紙が原因だと察しがついた。

マーベリン家の長男と結婚話が出たことで、レックスと肌を重ねようとした途端、瑠衣はレックスを裏切っているような気がしたのだ。

結婚話がある、とレックスに言うべきだろうか――。

いや、話があるどころか、まだ義母から結婚を匂わせた手紙が来ただけだ。フィフティーン・ドミトリーズの準備で忙しい今、彼をこんなことで煩わせたくない。

それに、結婚話があるということを、レックスに告げる関係性が二人にあるかどうかもわからなかった。レックスに告げたところで、それがどうした、といった様子で大したことがないふうに接せられたらと思うと怖くなる。動揺しているのが自分だけだと思い知りたくなかった。

ただのセフレ――。

二人の関係に名前をつければ、それが一番近いかもしれない。

瑠衣はレックスに服を脱がせられながら、きつく目を瞑(つぶ)った。

「瑠衣、どうしたんだ？　何かあったのか？」

レックスが顔を覗き込んできた。彼に何も気づかれないように普段通りの自分を装う。

「いや、君が性急すぎて、少し驚いただけだ」

「瑠衣のオメガの匂いに当てられて、我慢できないんだから仕方がないだろう？」

レックスはそう言って、瑠衣の首筋に勢いよく唇を寄せた。噛まないと約束しているが、本能的に躰の芯がヒュッと竦むのはいつものことだ。

「早く私の服も脱がせてくれないか?」

「え……ああ」

レックスの臙脂色のベストに手をかけ、制服を脱がせてそのまま肌を重ねる。

「瑠衣の肌は滑らかで気持ちがいいな」

「そういうことを言うな」

抗議すると、瑠衣の弱点の一つである耳朶を口に含みながらレックスが囁いた。

「どういうことなら言っていいんだ?」

「っ……何も言わなくていい」

下半身に響く甘い痺れに一瞬息を呑むが、冷静を装って義弟を睨み上げる。そんな瑠衣にレックスは誰もが見惚れるような笑顔を向けた。

「目の前に瑠衣がいるのに、何も言わないでいるというのは、難しいな」

レックスはふわりと瑠衣の唇を塞いだ。しばらくお互いに舌を絡ませて、その体温を確かめ合った。

彼の指が瑠衣の躰を這う。そして柔らかくぷっくりと膨らんだ乳頭を見つけると、指の腹で丹念に乳首を擦ってきた。何度も何度も繰り返し擦り続けられると、柔らかい乳頭が次第に硬く芯を持ってくる。

やがて小さな粒が真っ赤に腫れて、瑠衣の胸にそそり立った。レックスは堪らないといった様子でその乳首にむしゃぶりつくと、何度も吸い始める。

「あっ……だめ……ッだ……。きつく吸うなっ……あぁ……」

耳朶に続き、乳首も瑠衣の弱い箇所の一つだった。以前は何も感じなかったのに、レックスと肌を重ねるようになってから、乳首を触られるだけでどうしてか下半身が勃つようになってしまった。

自分でもわけがわからないが、レックスが言うには、それは普通の症状らしい。

「可愛いな……。もう勃ってる。瑠衣も私を待っててくれたんだよな」

乳首をしゃぶりながらしゃべられ、その胸に当たる吐息にさえ感じてしまう。

「んっ……あっ……うぅ……」

卑猥な舌の動きは次第に激しくなり、瑠衣は翻弄された。部屋が防音でよかった。そうでなければ瑠衣の声が外に漏れ出るところだ。

「瑠衣、足を開いて」

男の色香を含んだ双眸が瑠衣を真っ直ぐに見つめてくる。アルファのオーラに呑み込まれそうだった。

瑠衣はレックスに言われた通り、羞恥を感じながらも足を開くと、彼がそこに腰を捻じ込んできた。その拍子に彼の肉欲が瑠衣の内腿に当たる。

「く……」

熱を持ったそれに、瑠衣の喉が物欲しそうに鳴った。それを知ってか知らずか、レックスが瑠衣の軽く頭を擡げている劣情に指を這わせる。

「ふるふると震えて……私を待ってくれていたんだったら嬉しいな、瑠衣」

彼がまるで獲物を前にした獰猛な獣のように目を細めた。それだけで瑠衣の背筋が恐怖なのか快感なのか、よくわからない感覚にぞくぞくと震える。

「あっ……」

「もっと、もっと瑠衣の声を聞かせて――」

レックスが瑠衣の耳朶に軽く歯を立てながら囁いた。途端、どっと快感が膨れ上がり、瑠衣の理性を追い詰めてくる。それと同時に感覚が鋭くなり、五感すべてがレックスから与えられる愛撫に向けられていくのを感じずにはいられなかった。

「レ……クス……っ……」

瑠衣ははしたなくも、我慢できずにレックスの肉欲に手を伸ばしてしまった。

「っ……」

熱い肉杭に瑠衣は反射的に手を引っ込めようとしたが、レックスに寸前で手首を摑まれ、彼自身を握らされる。

「んぁっ……」

「瑠衣、これを今から君の中に挿れるよ」

そっと耳元で囁かれた。それだけで躰の芯がざわざわとして、瑠衣の下半身に熱が集まっていく。ただ瞼をきつく閉じて、淫らな熱に耐えるしか術がなかった。

「レックス……んっ」

名前を呼ぶとすぐに彼に唇を奪われる。歯列を割ってするりと侵入してきた舌は、瑠衣の舌を搦めとり、甘く吸ってきた。

「っ……」

彼から与えられる愛撫がそのままダイレクトに瑠衣の下半身に伝わってくる。口づけはさらに深くなり、どちらのものともわからない唾液が唇の端から伝い落ち始めた。するとレックスがその伝い落ちていく唾液を追うようにして瑠衣の顎へと唇を滑らせていく。そしてすべて舐めとると、そのまま顎から首筋、鎖骨、乳首へと唇を落とし、最後に軽く乳頭に歯を立てた。

「あっ……」

瑠衣が堪らず嬌声を上げると、今度はわざと舌を出して瑠衣に見せつけるように乳首を舐める。淫蕩な熱が全身に広がり、瑠衣の躰を淫らに溶かし始めた。

「あっ……ふっ……あぁぁ……」

出すまいと思っているのに、次から次へと嬌声が零れ落ちる。その声さえも惜しむかのようにレックスが瑠衣の唇を塞いだ。キスをしながら、彼の指先は瑠衣の乳頭を捏ね、そしてもう片方の手で瑠衣の下半身を扱いてきた。

「あっ……だ、め……っ……同時……あぁぁあっ……ふぅ……あ……」

「どうした？」

瑠衣が切羽詰まっていることを一番よく知っているのに、知らぬふりをして尋ねてくる意地悪の彼をきつく睨む。

「そんな顔をしたら、余計滾るだろう？　瑠衣」

レックスが笑ってそんなことを口にするが、逆にその笑顔が怖かった。

「……レックス……あぁっ……」

レックスの指が瑠衣の臀部へと伸びていく。固く閉ざされた秘部を軽く指でノックされたかと思うと、オメガの性質でしっとりと濡れたそこに、するりと指が差し込まれた。

静かな部屋に、クチュリと湿った音が響く。濡れた瑠衣の中をレックスの指がかき混ぜる音だ。合わさった唇から漏れる吐息も一緒になり、淫猥な空気が満ちた。

「ここも、すっかり私の形を覚えてくれたようだ。それに私を受け入れやすくするためか、かなり柔らかくなってきている」

「だから、そういうことは、いちいち言わなくてもいい……っ……」

「そうだな。瑠衣自身が知らないことを、私だけが知っているのもいい」

そう言いながら、レックスはいつの間にかベッドマットの下に隠していたらしいコンドームを取り出し、その袋を器用に唇でちぎった。その音を耳にし、瑠衣は居たたまれなくなる。挿れてもらうのを待っているような気になるのだ。だからつい、いつもの通り言ってしまった。

「早く……」

「フッ……瑠衣に請われると、堪らない」

この状況を早く逃れたいために口にするのだが、義弟は言葉の意味を誤解して、いつも嬉しそうに双眸を細める。

違う、と反論したいが、嬉しそうな彼の顔を見ると訂正するのも大人げない気がして、結局は口を噤んでしまうのもいつものことだった。

レックスは己の屹立にコンドームを嵌めると、瑠衣の膝裏に手を差し込んでそのまま肩に担ぎ上げた。彼の目の前に瑠衣の秘部が晒される。

「っ……」

きつく目を瞑って羞恥に堪えるが、彼を受け入れようとしている自分の蕾が、待ちかねたかのようにひくつく感覚が伝わってきて、どうやっても羞恥からは逃れられなかった。そしてそれが次第に快感へと変貌していくのも知っている。

「レックス……っ……」

誘っているのか、抗議しているのか、自分でもよく判断できない声で、義弟の名前を口にした。

「こんな姿、絶対に他の人間に見せたくない――。私の大切な……大切な瑠衣」

レックスの熱の楔が蕾にあてがわれたかと思うと、一気に貫かれる。

「あああっ……」

しっかり解された蕾はすんなりと彼の屹立を呑み込んでしまった。眩暈がしそうなほどの甘い熱が、瑠衣の理性を外へ追い出そうと、背筋から脳天へと駆け上がっていく。全身が粟立つほど痺れた。

「ふっ……はぁぁぁっ……」

レックスの猛々しい熱をゴム越しに感じ、瑠衣の隘路が淫靡に蠢く。凄絶な愉悦が瑠衣の躰に溢れ、出口を探して暴れ回った。

「感じているんだな？　波打つように瑠衣の粘膜が私に絡みついてくる」

「そ……そんな……あ……ふ……」

レックスがゆっくりと動き始めた。だが次第にそれは速さを増し、瑠衣を翻弄してくる。激しく揺さぶられ、奥に潜んでいた快感を炙り出されるようだった。レックスの抽挿に合わせ、瑠衣も腰を動かす。どこにどう当たれば一層快感を得られるのか躰が自然に覚えてしまった。それくらいレックスと肌を重ねていることに改めて気づく。

「あぁうっ……」

彼の抽挿に余裕がなくなり、腰を激しく打ちつけてきた。瑠衣はとうとうレックスの首に手を回す。そうでなければどこかへ飛ばされそうな気がした。

「あっ……あ、あ……っ……」

「瑠衣——」

重く深みのある声が瑠衣の耳朶に吐息と共に触れる。それだけで瑠衣の下半身に熱が集まり、理性が霧散した。そのまま快感の沼へと突き落とされる。

「あっ……ああっ……」

閉じていた目を開ければ、レックスの綺麗な顎のラインに汗が伝い落ちるのが見えた。

「レック……ゥ……」

喉が張りつき、思うように声が出ないが、それでも彼の名前を口にすると、レックスが視線をくれる。

男の色香に満ちた瞳とかち合った途端、瑠衣の背中に激しい電流のようなものが走った。思わず自分の中にあるレックスを強く締めつけてしまう。

「くっ……」

彼のくぐもった声が鼓膜を擽った。鼓膜さえも性感帯になったのか、瑠衣のレックスを受け入れている隘路がぞくぞくと震えながら収斂する。

「あっ……ふ……んっ……」

レックスの動きはスピードを増し、緩急をつけたリズムで抽挿を繰り返した。最奥まで穿(うが)たれ、そしてぎりぎりまで引き抜かれる。

「あぁ……ぁ……」

強い快感に意識が朦朧(もうろう)とした。だが彼に揺さぶられ一つになることが、とても幸せに感じた。もしかしてこれがオメガの本能かもしれない。アルファと共にいたいというオメガの本能――。

「ああっ……はあっ……」

より激しく淫襞を擦り上げられ、頭が真っ白になる。

「あぁぁぁぁっ……」

瑠衣の淡い真珠色の喉が仰(の)け反(ぞ)ったと同時に、今まで出口を求めて渦巻いていた熱が、一気に爆発した。それは瑠衣の腹の上だけでなく、レックスの胸や腹、そして頬にも飛び散る。彼が自分の頬についた瑠衣の精液を手の甲で拭い、それを舌で舐めとった。

「濃いな」

彼がにやりと笑う。

「な……ぁ……」

「私も一度達(い)きたい。瑠衣、協力してくれ」

「君、遅漏じゃないの……か……あっ……」

「瑠衣が早漏すぎると思うが？」

「なっ……あぁっ……」

レックスが失礼なことを言ったかと思ったら、再び激しく抽挿を始めた。

「あ……待って……レック……ス……あぁぁっ……」

あまりの激しさにレックスをもう一度きつく締めつけながら、立て続けに射精してしまう。そしてどれくらい経っただろう。何度も擦られて熱を帯び腫れぼったくなった最奥で、熱い飛沫が弾けるのをゴム越しに感じた。レックスが達ったのだ。

「あぅ……あぁ……」

じんじんと中が疼く。

「凄いな、また絡まってくる。まだまだ足りないようだな、瑠衣」

「何を言っ……あっ……どうしてまた……っ……んっ……」

瑠衣の中にあったレックスは熱を出したばかりだというのに、もう硬くなり始めていた。

彼は素早く己を瑠衣から引き抜き、手早く新たなゴムを装着すると、そのまま深く穿つ。

狂おしいほどの熱が瑠衣の蜜路に充満した。

「あぁぁ……はっ……もう……」

膝が胸につくまで折り曲げられ、彼の唇が瑠衣を求めてくる。

まだ夜は始まったばかりだった。

＊＊＊

静かな寝息がレックスの心を落ち着かせる。隣には瑠衣がシーツに包まれ寝ていた。

意識を失うまで抱いてしまったため、レックスは瑠衣の躰を濡れたタオルで綺麗に拭き、彼の身を清める。桜色の乳首に目のやりどころに困ったが、どうにか理性を総動員して耐えた。これ以上瑠衣を抱いたら、彼の明日の授業に差し障りがある。いや、もう手遅れかもしれないが。

「そろそろ戻るか……」

レックスがそっとベッドから立ち上がると、瑠衣の指先がレックスのファルスカラーのシャツを軽く握っていたのに気づく。思わず口許が緩む。

「瑠衣……」

レックスは瑠衣を起こさないように細心の注意を払い、その指からシャツを取り返した。だが我慢できず、そのまま彼の指先に唇を寄せる。

「愛している、瑠衣。君が起きている時にはなかなか言えないが、一人の男として君を愛している――」

激しく抱いたので、これくらいでは目は覚まさないはずだが、それでも自分にしか聞き取れないほどの小さな声で呟く。

彼を守るために、今までどれだけ努力しただろうか。

ブライアン伯爵家の後妻として入った母は、伯爵との間にできた息子、現在五歳のヘイゼルを次の伯爵にしようと画策している。秘密裏に先妻の息子である瑠衣を排除しようとする魂胆があった。

瑠衣がオメガに覚醒したことで、ますます母にとっては有利になっているのだ。実の息子のヘイゼルがアルファに覚醒すれば、充分に後継者を狙える位置にあった。

義父である伯爵は今のところ瑠衣に爵位を継がせるつもりではあるようだが、いつ気が変わるかわからない。母のことだ。きっと用意周到に伯爵を洗脳してくるに違いなかった。だからこそ私が権力を持たなくてはならない。いざとなった時、瑠衣を助けられるように――。

血の滲むような努力をして、レックスは監督生、そして寮長となり、エドモンド校生の最高峰、キングへと上り詰めた。今後、エドモンド校を卒業した後も、このキングという名誉は一生レックスの味方となり、そして瑠衣を守る武器の一つともなるのだ。

さらに将来、ブライアン伯爵家の金をあてにしたくなかったため、レックスは入学と同時に会社を立ち上げた。いくつか立ち上げて失敗もしたが、その中でノンアルコール事業が成功し、未成年でありながら、今やかなりの資産を持つ実業家にもなっている。

瑠衣に何かあった時に力になれるよう、努力した結果だ。そしてこれから先も、彼のためにいろいろと準備をしておくつもりだ。

瑠衣――――。

十歳の時、薔薇園で初めて会った彼は、まるで妖精のように可憐（かれん）で美しく、目を離すことができなかったのを覚えている。

あの日、彼がレックスの髪を褒めてくれたが、レックス自身は彼の漆黒の髪のほうが綺麗で、月の女神のようだと思っていた。当初、平民の自分が伯爵家に入っても、きっと家族として認めてもらえないだろうと考えていたが、そんな悲観的な考えとは裏腹に、瑠衣はまったく血の繋がらないレックスを疎むこともなく、初めて会った時から親しく接してくれた。優しい彼に義兄以上の感情を抱くのに時間はかからなかった。

だがその感情は、抱いてはならないものだということも知っており、瑠衣を避けることで自分の想いに蓋をしようと努力した。

その一方で、自分が瑠衣より剣術も座学も優秀な成績であることにも気づく。

エドモンド校の受験勉強をする際に、瑠衣と一緒に勉強する機会が増えて、瑠衣が悔しそうに泣く姿をよく目にするようになったのだ。

『瑠衣より少し成績が悪くなるようにしよう……』

幼いレックスはそれが瑠衣にとっていいことだと本気で思っていた。入学してからも瑠衣よりいい成績をとらないように、さりげなく力を抜いて過ごしたのだ。

　そうして入学後、瑠衣と別々の寮になってしまったことにかなり落ち込んで、瑠衣にも縋ってしまったが、これもいい機会だと思い直し、できるだけ瑠衣を避けるようにした。そして多くのことに少しばかり手を抜くのに慣れ始めた頃、瑠衣に呼び出されたのだ。

　ブライアン伯爵家に初めてのクリスマス休暇で帰った時、ランチ後にティータイムを一緒に過ごそうと彼に声をかけられた。

「レックス、君、私を莫迦(ばか)にするのも大概にしないか」

　同じ学校に通っていても、なるべく瑠衣に近寄らないようにしていたので、久々に近くで瑠衣を目にして、レックスはその愛(いと)おしさに胸を締めつけられる。駄目だとわかっているのに恋情が込み上げてきて、これ以上瑠衣を見ていられずに視線を外した。

「……急に何を言っているんだ、義兄さん。義兄さんを莫迦にしたことなんてない」

「君にそのつもりがないのもわかっている」

「なら……」

「君が何を思って全力で立ち向かわないか、大体想像ができるが、そんな手を抜いてもらった状態で私が君に勝ったって、まったく嬉しくないぞ。それよりもそんなことで喜ぶ私だと思われているようで、莫迦にされている気がしてならない」

「え……」

瑠衣の言葉に顔を上げる。彼の真っ直ぐな視線とかち合う。

「私に悪いとでも思ったか？　レックス」

「義兄さん……」

瑠衣が何もかもお見通しといった様子でレックスを睨みつけた。

「君は何も悪くない。むしろ君に気を遣われる私のほうが悪いかもしれない」

「義兄さんは悪くない」

即反論した。義兄が悪いわけがない。

「そうだ。本来なら私たち二人とも悪くない。だが君がそうやって自分の力を隠そうとすることによって、『悪』ができてしまうことに、どうして気づかない？」

「力を隠そうなんてしていない。実力だ」

「私の目を誤魔化せると思っているところで、傲慢だ。君の実力はもっとある。それを入学前までは痛いほど感じていた私だから、私を騙（だま）すことなんてできないぞ、レックス」

「義兄さん……」

「私に気を遣ってしまったゆえだというのも理解できる。だが、そんな気遣いは不要だ」

凛（りん）とした瑠衣に、怒られているというのに思わず見惚れてしまった。自分が好きになってしまった相手は、なんと清廉で美しい人なんだろうと改めて思う。

「レックスはレックスらしくいろ。私に遠慮なんてするな」

血が繋がっていないのに、家族のように心配し、言いづらい言葉も口にしてくれる瑠衣に対して、レックスの胸に熱いものが込み上げてきた。

「え、レックス！」

突然、瑠衣が慌てたように声を上げた。そしてポケットからハンカチーフを出してこちらに差し出した。

「あ……」

どうやら知らずに涙を零していたようだ。

「あ、悪かった。少しきつく言いすぎた」

瑠衣がすまなさそうな表情で謝ってくるのをレックスは首を振って否定した。

「違う、違うよ、義兄さん。嬉しくて……本当の兄さんじゃないのに……そんなに私のことを考えてくれることが……嬉しくて……」

「本当の義兄だろう？　血が繋がっていなくても関係ない。君は誰がなんと言っても私の義弟だ。ブライアン伯爵家の次男だよ」

そんなことを瑠衣も泣き顔で言ってくれて、二人でとうとう泣き合ってしまった。

後で泣いている二人を使用人に見られてぎょっとされたが、今となってはレックスが瑠衣に惚れ直したきっかけとなった事件でもあった。

それからレックスは瑠衣に言われた通り、全力で授業に取り組み、やがてそれが瑠衣を守るために必要なことだと悟ったのだ。

そして今やレックスはキングにまで上り詰めた。すべてはこれから未来の瑠衣を守るための基盤づくりのためだ。

起業したノンアルコール事業は順調に売り上げが伸びていた。このエドモンド校で培った人脈は、これからも充分に役に立つはずで、瑠衣に何かあっても助けてやれるだけの力は持つつもりだ。

「瑠衣――」

性交に疲れ果てた瑠衣の額に張りついていた前髪をそっと分けてやる。

「そういえば、何かあったのだろうか。少し様子がおかしかった気がする……」

彼と肌を重ねる前、少しだけ瑠衣に違和感を覚えた。何か悩んでいるような感じを受けたのだ。

「一度調べてみたほうがいいか……。変な人間が瑠衣に纏(まと)わりついていたら大変だ」

瑠衣を手に入れたいわけではなかった。瑠衣が他の人間を選ぶならそれに従おうと思う。ただ、不幸にはしたくない。相手は自分より優れていると認めた者でなければならない。

レックスはそのままそっと瑠衣の額に唇を寄せた。

◆ Ⅱ ◆

目覚まし時計のアラーム音で目が覚める。瑠衣はしばらく自分の状況が摑めず、ベッドの上で呆然としたが、アラームを消さなければならないことに気づき、慌てて時計へと手を伸ばした。

「……あ」

薄暗い部屋に瑠衣の掠(かす)れた声が響く。一月のロンドンは、朝八時くらいが日の出のため、まだ部屋は暗かった。室内はセントラルヒーティングで快適な温度に保たれているが、少し乾燥気味だ。だが瑠衣の声が掠れているのは乾燥のせいだけではない。

瑠衣は起き上がって、冷蔵庫からミネラルウォーターを取り出し、それを二口ほど飲んだ。喉がみるみるうちに潤った。

「ふぅ……」

だるい腰に手をやり、椅子に座る。辺りを見回したが、レックスの姿はすでになかった。どうやらもう自分の寮へ戻ったようだ。

「躰を拭いて、寝間着も着せてくれたのか……」

意識を失っている間に情事の後始末をしてくれたのかと思うと居たたまれなかった。以前、朝一番に部屋へやってくるファグに気づかれないよう、二人で部屋を片づけたことがあったが、最近は瑠衣が意識を失いがちなので、レックスが代わりに一人で片づけてくれることが多いのだ。

「レックス……」

ふと込み上げる罪悪感。まだマーベリンと結婚するとは決まっていないのだから、そんなに真面目に捉えなくてもいいと思うのだが、瑠衣の性格上、そういうわけにはいかなかった。早く結婚を決めたほうがいいのではないかという考えがふと頭を擡げる。

レックスとの関係をいつまでも続けていてはいけないと理性が訴えていた。

エドモンド校の卒業を機に、関係を改めたいが、大学はレックスと同じくケンブリッジ大学に入学することになっており、簡単にはこの関係を変えることはできなさそうだった。

だが、もし、今、私に将来結婚する予定の相手ができたら――。

レックスとの関係を変えるきっかけになるかもしれない。

瑠衣の心臓がきゅうっと収斂した。嫌だと叫ぶ心が躰の中で暴れているが、それを抑えつけるために寝間着の胸の辺りを鷲掴み（わしづか）みすると、スヌーズにしてあった目覚まし時計がまた鳴った。朝は時間がない。こんなことで時間を潰すわけにはいかず、瑠衣は気持ちを切り替え、時計を止めた。

「よし、考えるのはやめよう。早く起きないとな。今日からしばらくグリースがいないし」

　ファグであるグリースには今日から御井所のところへ行くように告げてある。ファグはマスターの身支度を手伝い、マスターが朝食を食べている間に、その部屋を掃除することになっているのだ。だがファグがいない今日からは、すべて瑠衣が自分でしないといけない。そして食事を終えてからミサに出なければならないので、あまり時間がなかった。

　ちなみに夏の期間はサマータイムの関係で起床時間も一時間早くなり、簡単な朝食をファグが食堂から持ってきてくれ、それを食べた後、すぐに一限目の授業が始まる。そして一限目の授業が終わってからミサがあった。

「レックスも遅刻しなければいいが……」

　瑠衣はレックスの心配をしながらも身支度を始めた。

　朝食を終えて簡単に掃除を済ませた後、瑠衣はノアと一緒に大聖堂へと向かった。

「おはようございます。寮長、副寮長」

「おはようございます」

朝食時に会っていない一学年生が次々と二人に気がついて挨拶をしてくる。また違う寮の生徒とも一緒になるので、それぞれ軽く会釈をして挨拶を済ませた。

生徒たちが向かう先には、四百年の歴史を誇る大聖堂が寒空の下、厳かに聳え立っている。代々のエドモンド校生らが毎日神に祈りを捧げる神聖な場所だった。

二人は大聖堂に入ると、寮ごとに決まっている席へと向かう。そしてノアと二人でマンスフィール寮の区画の最前列に立った。最前列は寮長と副寮長の席と決まっているのだ。次々に席が埋まり、各寮の寮長と副寮長が揃いだすと、後ろの席から小さなざわめきが起きた。キングでありウォーチェスター寮の寮長でもあるレックスが入ってきたのだ。瑠衣の後ろからも下級生の囁きが聞こえた。

「いつ見てもかっこいいよなぁ」

「冬の朝の礼拝はきついけど、キングを間近で拝めるから、どうにか我慢できる」

「できる、できる」

下級生たちの声が少し大きくなったのを寮長のノアが小声で「静かに」と注意する。すると彼らはすぐに口を閉じた。

レックスが席に着くと、今度は主教がエドモンド校の校長を従えて現れる。そして大聖堂の中央を通り、美しいステンドグラスが目を惹く祭壇へと立った。

朝日が差し込んだステンドグラスは荘厳で、歴史の重みを感じずにはいられない。瑠衣が双眸を細め感慨に耽っていると、主教の言葉が始まった。

しばらくすると生徒代表としてキングのレックスが主教といくつかの祈りの言葉を唱え合う。レックスの声は低く甘い。耳に心地よい旋律を紡ぐのにぴったりの声だった。

生徒の中には口を開けたまま、ぼうっとレックスの声に聞き惚れている者もいる。そうしているうちに、主教が聖書の一部を朗読して説教し始め、生徒が皆で信仰を宣言する祈りの言葉を口にする番となった。そして最後に聖歌を歌ってミサが終わる。

平日のミサは簡略化されているのもあって、大体三十分ほどで終了する。ミサの後にすぐ授業が始まるからだ。生徒らは皆急いで教室へと移動し始めた。

「今朝(けさ)のキングも凛々(りり)しかったね」

「声が素敵だよ。お陰で目が覚める」

そんなことを口々にしながら生徒たちが校舎へと消えていく。瑠衣も彼らの会話を耳にして、レックスが生徒たちに人気があることを嬉しく感じ、そのままノアと二人で授業が行われる校舎へ向かおうとすると、目の前に突然人影が現れた。

「ノア・ウィルソン」

瑠衣とノアの足を止めたのは、アントニウス寮の寮長でもあるターミル・ビン・アフマド・カーミディだった。アラブの一国の王子だけあって、オーラが半端ない。

「カーミディ、どうしたんだ？」

エドモンド校では身分の差は関係ないとされているので、同学年であれば対等に話す。たとえそれが一国の王子が相手であろうともだ。

「急な話だが、本日授業後、夕食の前にフィフティーン・ドミトリーズの打ち合わせをすることになった。君も参加してくれ」

「わかった。連絡をありがとう」

「ああ、じゃあまた授業後に。騎士（ナイツ）の円卓で」

カーミディはそう言って、その場から去っていった。

「急ごうか、瑠衣。デーアン先生は遅刻には容赦ないからな」

「ああ」

だがこの日、午後のラグビーの授業でノアが怪我（けが）をしてしまい、病院へ行くことになるとは、まだこの時は誰一人思ってもいなかった。

瑠衣は病院へ行ったノアの代わりに、マンスフィールド寮の副寮長として、フィフティーン・ドミトリーズの打ち合わせに行くことになってしまった。

ノアは足首を怪我し、骨折の可能性もあるため病院へレントゲンを撮りに行ったのだ。

瑠衣も発情期が始まるので、あまり人の集まるところには出たくなかったが、状況が状況なので、代理として出席することにした。一応、昨夜レックスに抱いてもらったので、抑制剤で事足りるはずだ。

会議の場所となる講堂は、四百年ほど前に建てられたもので、当初はダンスホールとして使用されていたが、今は別にダンスホールがあるので、寮長たちが集まる会議室のような使われ方をしている。瑠衣は講堂の前まで来ると、立ち止まって深呼吸をした。各寮の寮長と肩を並べないとならないと思うとやはり緊張する。

瑠衣は副寮長ではあるが、一応ノアとは寮長の座を争った仲だ。結局は前寮長の判断でノアが寮長になったのだが、その時に前寮長から、『ウィルソンは明るくお調子者のところはあるが、人の心を摑むのが上手い。だがブライアンのサポートがなければ、マンスフィール寮を一つに纏められないだろう。ブライアン、サポートしてやってくれ。まあ、本音は手綱を握っておいてくれと言ったほうが近いか』と言われ、瑠衣は迷うことなくノアのサポートに回った。自分もそのほうが性に合うと知っていたからだ。

そしてそれは間違っていなかったと、今、思い知っている。

瑠衣の他に十四人の寮長が集まるのだが、どの生徒もカリスマ性があり個性溢れる面々で、緊張で変な汗が出てきそうだった。

一方で、その頂点が義弟のレックスなのだと思うと、改めて義弟の凄さを感じる。

この五年間で、レックスは大きく成長したな……。

レックスは新入生の頃、ブライアン伯爵家と自分だけ血が繋がらないからと、いろいろ遠慮していた。特に瑠衣に対しては過剰で、瑠衣を上回る成績を取らないようしていた頃もあったのだ。

だがそれもすべて瑠衣のためだと思ってやっていたことだと知った時、自分だけは絶対にレックスの味方でいようと心に決めた。

レックスが伯爵家の実子でないことをいいことに、当時は他の生徒から嫌がらせを受けることもあった。レックスも伯爵家に迷惑はかけられないと思っていたようで、抵抗することなく耐えていたらしい。

瑠衣が偶然、嫌がらせを目撃しなければ、レックスはずっと苛められたままだったかもしれないと思うと、今も胸が痛くなる。

あの時は学校から保護者へ連絡をとってもらい、結局レックスを苛めた生徒は懲罰室行きとなった。

レックスはそこまでしなくてもいいと彼らを庇う言葉さえ口にしていたが、そんな彼を瑠衣が守らなければならないと改めて思った事件でもあった。だが、今やレックスはエドモンド校を象徴するキングまで上り詰め、すっかり瑠衣の手から飛び立ってしまった。

それを少し寂しいと思う一方、彼を頼もしく思えることに嬉しさも覚える。

彼が彼らしくいてくれることが、私の喜びの一つだ――。

瑠衣はダンスホールとして使われていた講堂の中へ一歩、踏み込んだ。

講堂の中央には、円卓の騎士になぞらえて造られた大きな楕円のテーブル、通称『騎士の円卓』が置かれている。そこにキングと各寮長が座るのだが、今はまだ全員揃っておらず、早く来た者同士が雑談をしている。

瑠衣は邪魔にならないよう、マンスフィール寮の席へ移動しようとすると、ベリオール寮の寮長、ゲルナーが話しかけてきた。

「ブライアン、ウィルソンが怪我をしたそうだな。彼は大丈夫かい？」

「ゲルナー、ありがとう。今、病院にレントゲンを撮りに行っているよ。まだ結果はわからないけど、しばらくは不自由な生活になると思う」

瑠衣の声にゲルナーが眉を顰める。

「そうか、心配だな。実はウィルソンにアークランドのことで謝ろうと思っていたんだ」

「アークランドのこと？」

アシュレイ・G・アークランド。ベリオール寮の次期寮長と噂される青年で、瑠衣の寮の一つ年下、御井所とよく比較されていた。御井所と同じく次期キング候補の一人だ。

御井所とは犬猿の仲で、校内でもよく衝突をするらしい。そういった二人の仲の悪さはキングであるレックスの耳にも届いているようで、彼の頭痛の種にもなっていた。

「ああ、どうもまた君のところの御井所にちょっかいをかけたみたいで、二人の取り巻き同士の言い争いになったらしい。アークランドには注意しておいたが、彼曰く、親交を深めていただけだと言い張ってね。まあ、一応、ウィルソンに迷惑をかけたんじゃないかと思って、一言謝っておきたかったんだ」

「そうか……。うちの御井所も気が強いところがあるから、仕掛けられると無視できないのかもしれない。ウィルソンに伝えておくよ。あと御井所にも注意しておこう。あまり喧嘩ばかりしていると評価が落ちてキングの道が遠ざかると言えば、御井所も態度を改めるだろう」

御井所のキングの座への執着もなかなかのものなので、自分でもいい案だと思った。

「それは効果がありそうだ。まあ、そういうことだから、我が寮とマンスフィール寮の仲まで悪くならないようお願いするよ」

「ああ、当たり前だ。こちらこそわざわざありがとう」

瑠衣が礼を言うとゲルナーは手を上げて応え、そのまま自分の席へと戻っていった。瑠衣も自分の席へ行こうとすると、今度はアントニウス寮の寮長、カーミディが気を遣ってか、瑠衣に話しかけてきた。

「ウィルソンがラグビーで怪我をしたんだって？　大丈夫なのかい」

「ええ、もしかしたら骨折している可能性があるかもしれないと、レントゲンを撮りに病院へ行きました。ご心配をおかけしています」

カーミディのアラブの王子様オーラに圧倒され、どうしても敬語になってしまう。

「心配だな。だが、そうなるとしばらくウィルソンは無理ができなくなるな。ブライアンが代理としてフィフティーン・ドミトリーズの準備を手伝ってくれるのかい？」

「はい、そのつもりです」

それはノアが病院に向かった直後から決めていたことだ。マンスフィール寮として、きっちりと責任は果たさなければならない。

「助かるよ。それに君が参加すればキングも今まで以上に頑張ってくれそうだし」

「キングが……？」

レックスがノアの穴埋めに苦心してくれるということだろうか……？

瑠衣は思わず首を傾げた。だがそれが事実ならレックスの仕事を瑠衣が増やすことになる。それはできることなら避けたかった。

「キングの手を煩わせ……」

「おや？　噂をしたらなんとやらだ。早々にキングのお出ましだ。いつもならキングの特権で、我々が揃ってから最後にやってくるんだが……」

瑠衣の言葉を遮る形でカーミディが面白そうに告げる。瑠衣が出入り口に目をやると、

レックスが講堂に入ってくるところだった。

「さすがに義兄殿が会議に参加すると聞いたら、居ても立ってもいられなかったようだな」

笑うのを堪えるようなしゃべり方でカーミディが言葉を続けた。瑠衣としては俄かに信じられない内容だったが、レックスが心配してくれているのだと思うと、不謹慎にも少し嬉しく感じた。

「カーミディ、そこで何をしている？」

相手が王族であろうとかまわないらしい。レックスのいささか不機嫌な声色が瑠衣の鼓膜に届いた。

「思ったより遅かったな、キング」

え？　さっき『早々』って言ってなかった？　思ったより遅いって……？

カーミディの言葉に瑠衣は次々と疑問が浮かぶ。だがそんな瑠衣を差し置いて、レックスとカーミディの会話は続いていた。

「カーミディ、ウィルソンの怪我の話を私にせずに隠していた君に言われたくないな。大方、代理で来るはずの義兄と二人で話したくて、わざと私に伝えなかったのだろう？」

ノアの怪我のことをレックスに隠していた？　どうして？　それにカーミディが私と話したい？　一体、何を話したいというんだ？

瑠衣は自分の頭の上で飛び交う会話にまったくついていけない。するとレックスが瑠衣の肩に手をかけ、自分の方へ引き寄せた。

「義兄さん、あまり知らない生徒に近寄らないほうがいい」

「知らない生徒って……」

カーミディを知らない生徒なんて、このエドモンド校にはいないと思う。そう思っていると、すかさずカーミディもレックスに突っ込んだ。

「ブライアン義兄が、私のことを知らないはずはないさ」

レックスがキングになる前によく呼ばれていた名前だ。二人とも『ブライアン』なので、呼び分けるために『ブライアン義兄』、『ブライアン義弟』などと言われていた。

「そんなこと、義兄に聞いてみなければわからないだろう？　なあ、義兄さん」

「え……」

どう答えていいのか困るが、彼らの何か言葉遊びのようなものに巻き込まれていることはわかる。

「はぁ……君たちの今の状況がよく把握できていないが、私はカーミディのことは知っているし、君に心配されなくても大丈夫だ。君は君の仕事をしてくれ」

そう言った途端、カーミディがプッと噴き出す一方で、レックスは不満げに表情を歪めた。カーミディはそんなレックスの肩を楽しそうにぽんぽんと叩いた。

「だ、そうだ、キング。君は個人的に立ち上げている事業も忙しいんだろう？　義兄殿が言われるように、君は君の仕事をしたほうがいい。義兄殿のサポートは私がしよう」

個人的に立ち上げている事業で、今、最も上手くいっているのはノンアルコール事業だと聞いている。レックスはその事業を、キングの激務の傍ら展開していた。

イギリスでは五歳以上であれば、自宅で保護者と酒類を飲むことが法律で許されている。十六歳、十七歳になると、保護者と一緒なら店やレストランで酒類を飲むことができ、十八歳からは一人でも普通に外で酒類を口にすることができるようになっていた。

ブライアン伯爵家も子供でも早くから酒類を口にする機会が多かった。そのためレックスはすでに多くの酒の味を知っている。

「カーミディ、君に義兄のサポートを頼んだら、余計な仕事が増えそうだ。その気持ちには感謝するが、心からお断り申し上げるよ」

「遠慮するな。君の義兄殿だ。私が心を込めてサポートするぞ」

「遠慮ではないから大丈夫だ。君が義兄から離れてくれれば、それでいい」

レックスは、ノンアルコールでも本物のカクテルと遜色なく同様のものが作れるように、新たな飲料を開発したり、世界中から取り寄せたりしている。

昨今、健康志向も手伝って、世界中でノンアルコール産業が右肩上がりで急成長していた。レックスはいち早くこれに着手し、研究を重ねてアルコールでなくとも充分楽しめるカクテル、いわゆるモクテルのレシピなども提供している。

モクテル、ソーバーキュリアスという新たな飲料カルチャーに後押しされて、レックスはノンアルコール事業の成功者の一人として業界では認知されていた。

「なあ、レックス、そろそろ私にアラブ圏の販売権利を売る気はないかい？」

「今はないが、もう少し大きくして、価値を上げてから、君に売りつけて大金をせしめるつもりだから、覚悟しておいてくれ」

「怖いな。私は安いうちに買いたいんだがな」

カーミディは肩を竦めて文句を言うが、レックスはそんな彼を無視して瑠衣に笑顔を向けた。

「義兄さん、今日は初めてのチェス会議だろう？　私の隣に座ってくれ。フォローする」

カーミディに対する話し方とはまったく違う優しい口調でレックスが瑠衣に話しかけてくる。

「ああ、ありがとう。悪いな」

瑠衣はレックスに礼を言いながら、こちらを苦笑して見ているカーミディに軽く笑みを向けて席に着いた。

大きな円卓に揃った十四人の寮長とキングの様子は壮観だった。カリスマというカリスマが席を同じにしているのだ。緊張するなというほうが無理だ。瑠衣は自分があまり感情を顔に出さないタイプであることを、これほど感謝したことはなかった。

キングの左右の席は決まっているのだが、今日は瑠衣が慣れていないということで、キングの隣の席に特別に座る。

今回、突然招集がかかったのは、『湖の乙女』に選ばれた生徒が、家族に不幸があり急遽帰国することになったとのことで、新しい『湖の乙女』を決めるためだった。

『湖の乙女』とは、フィフティーン・ドミトリーズの大会中は試合を見守り、そして優勝したチームに、代々エドモンド校に伝わる『栄光の剣』を渡す生徒のことで、その名の通り、美しい湖の精に紛してイベントを盛り上げる役目になる。

ちなみに、これはアーサー王伝説で、アーサーが湖の乙女から神剣エクスカリバーを受け取ったことに由来していた。

もう一つの名物イベント、新入生親睦会の『ギネヴィア姫』が新入生から選ばれるのと違い、『湖の乙女』は、全学年の生徒から選ばれる。

「――ということで、『湖の乙女』を選ぶのも時間がない。次点の生徒をそのまま繰り上げという形が妥当という意見もあるが、皆はどう思う？」

レックスがタブレットを操作しながら、次点の生徒、シーラスの写真を壁に映す。すると寮長の一人が意見した。

「シーラスはついさっき、喫煙がばれてハウスマスターに呼ばれていたよ。懲罰室に送られるのも時間の問題だ」

「なんてタイミングが悪いんだ。『湖の乙女』は清廉さを求められるキャラでもあるからな。シーラスは問題になるな」

別の寮長がそう言って肩を落とすと、カーミディがその後に続いた。

「そうなると、三番手かな。ほら、本人もここにいるし」

皆の視線が一斉に瑠衣に向けられる。

「え……」

瑠衣は意味がわからず、カーミディに視線を向けた。すると隣に座っていたレックスがすかさず返答した。

「いや、三番手よりは新たに投票して人選したほうがいいだろう」

その声にカーミディが悪戯っ子のような笑みを口許に浮かべ、そのままレックスに話しかける。

「キング、我々ナイトは投票結果をすでに知っていますが、マンスフィール寮の副寮長殿は本日初めての出席ですから、もう一度投票結果の一覧を壁に映してくれませんか？」

その言葉に一瞬レックスの眉間に皺が寄ったが、カーミディを一睨みしてタブレットを操作した。すぐに白い壁に投票結果が映し出された。

驚いたことに三位に瑠衣の名前がある。

「え……私が……さ、三位？」

「キングはこの結果をブライアン義兄に告げず、マンスフィール寮の寮長のウィルソンにも義兄殿に言わないように口止めしていたから、ブライアン義兄も初めて知ったよね？」

「は……はい」

『湖の乙女』など自分にはまったく縁のない役目だと思っていたので、自分でも驚くほど動揺する。大体、この五年間、そういった役目は一度も回ってこなかった。どうしてこの最終学年になった今、いきなりこんな大役が回ってくるのか理解しがたい。

瑠衣が驚きで固まっていると、レックスが口を開いた。

「三位など、どうでもいい順位だ。義兄を煩わせたくなかっただけだが？」

「まあ、君の義兄弟愛(きょうだい)については、また別の機会に聞かせてくれ。今は『湖の乙女』について早く結論づけないとならない。改めて投票となると二月一日から始まるフィフティーン・ドミトリーズに間に合わない可能性が高い。それでも新たに投票をすると？」

するとカーミディの後について他の寮長もカーミディの意見に同意し始める。

「ここに本人がいるんだ。衣装合わせもすぐに始められる。ブライアン義兄でいいんじゃないか？」

その提案にレックスが小さく舌打ちするのが耳に届いた。たぶんすぐ隣に座っていた瑠衣にしか聞こえないほどの小さなものだ。瑠衣が見上げると、彼はいつものキングたる堂々とした態度で議長を務めていた。

「では多数決で決めよう。三位であった瑠衣・ソード・ブライアンに『湖の乙女』を演じてもらうことに賛成の者は挙手を願う」

すると十人の手が上がった。レックスはその数を見て、小さく息をついた。

「わかった。では『湖の乙女』は繰り上げで瑠衣・ソード・ブライアンに決定する」

ちょっと待って――。

瑠衣は喉元まで声が出かかったが、どうにか呑み込んだ。

ノブレス・オブリージュ。

上に立つ者は、それ相応の義務と責任を果たさねばならぬという精神を基本にしているエドモンド校において、自分に与えられた役目を下りることは、余程のことがない限り許されないことだった。そのため瑠衣には拒否権がない。

瑠衣が固まっている傍から、皆が席から立ち上がり、帰り始めた。議題が解決したのだから会議も終了ということだ。

しばらく席に座って呆然としていると、レックスが声をかけてくれた。

「大丈夫か？　義兄さん」

「レックス……」

思わず縋ってしまいそうになるが、これくらいのことで弱音を吐いては、もっと大変なキングという役割をこなしているレックスに申し訳が立たない。

「大丈夫さ。大会中はもう発情期も終わっている頃だし、頑張るよ。最終学年だ。少しは学校に貢献しないとな」

「近日中に衣装合わせがあるが……それは発情期と重なるから心配だ」

レックスの表情が曇る。先ほどの会議の時、彼が瑠衣に『湖の乙女』の役が回ってこないように援護してくれたのも、瑠衣の発情期を気にしてくれていたからだろう。

「……君のお陰で、抑制剤でコントロールできているから大丈夫だ」

本当は『君のお陰』とは言いづらかったが、その通りなので、恥を忍んで口にしたが、レックスはあまり気にしていないようで普通に接してきた。

「義兄さん、あまり無理をしないように」

「レックスこそ……。無理をしないようにと言いたいが、フィフティーン・ドミトリーズが近づいている今、そういうわけにはいかないよな。食事だけはしっかりとれよ」

「ありがとう、義兄さん」

彼が子供の頃と同じ屈託のない笑顔を浮かべるのを見て、瑠衣の心がほんわかと和む。

だが――――。

「これからできるだけ毎晩、抱きに行くから」

と、レックスが躰を屈め、耳元で色香のある声で囁いてきた時、瑠衣の背筋に甘い痺れが走り、彼が一人のアルファの男でもあることを痛感させられた。

レックスの声や香りに、発情してしまいそうだ――。

頬に熱を感じ、顔が赤くなっていないことを祈りながら、瑠衣は普段通りに振る舞った。

「……こういう場所でそういうことを口にするな」

小声で注意をして、彼の肩口を拳で軽くポンと殴る。彼は笑って瑠衣から躰を離した。

「すまない、義兄さん。心配で堪らないんだ。怒らないでほしい」

瑠衣の手を握ってしおらしく謝るレックスに、それ以上は強く言えず、「怒っていないから」と口にすると、今度は彼が安堵の笑みを浮かべる。

「よかった。これからは気をつけるよ。じゃあ、義兄さん、また」

「ああ」

瑠衣はレックスに見送られる形で講堂を後にした。

＊＊＊

レックスは瑠衣が講堂を出るまで名残惜しげに見送る。

瑠衣からは実際、オメガ特有のフェロモンは出ていなかったが、ウィルソンの代理で会議に出席しているうちに、何か間違いが起こるとまずい。早々に寮長であるウィルソンにも出てきてもらおうと思った。足を怪我していても瑠衣の補佐ならできる。それに常に傍にいる護衛は必要だった。

ウィルソンには瑠衣がオメガに覚醒してから、サポートをしてくれるよう頼んでいるので、今回も快く引き受けてくれるだろう。

「とりあえずは、それでよしとするか……」

瑠衣がちらりとレックスを振り返って、レックスがまだ見送っていることを知ると、小さく手を振ってくれた。レックスも笑顔を浮かべる。そうして瑠衣の姿が建物の陰に隠れた頃、背後からカーミディが声をかけてきた。

「見事な牽制だな」

「なんのことかな？」

レックスは振り返り、不敵な笑みを浮かべた。

「わざわざ、ここにいる全員に、君と義兄殿の仲のよさを見せつけなくてもいいと思うが？」

「フン、不埒な輩がどこにいるかわからないからな」

レックスがすぐにこの講堂に来たからいいものの、すでに寮長の何人かの視線は瑠衣に釘づけだった。

『セレーネの君』と呼ばれるほどの神秘的な美しさを持つ彼に、たとえ恋愛感情がなくとも、チャンスがあれば近づきたいと思う生徒は多い。それこそうんざりするほどいた。

今回はたぶんカリスマ的な王族オーラを放つカーミディが瑠衣の傍にいてくれたお陰で、他の寮長が近づいてこなかったのだろうと思うが、それはそれでこの男が瑠衣に興味を持っているということなので面白くない。

「おいおい、この忙しい時期、ただでさえ人が足りないんだ。義兄殿に色目を使う生徒を停学処分にするようなことはしないでくれたまえよ」

カーミディが呆れたように言ってくる。以前、同じようなことをギルバートにも言われたので、思わず笑ってしまった。確かにレックスには前科がいくつもある。

初めて他人を陥れたのは、新入生の頃、レックスがブライアン伯爵家の血を引いていないということで、突っかかってきた貴族至上主義の莫迦どもだった。

最初はレックスに嫌がらせをしてきただけだったが、その中の一人が瑠衣に好意を抱いているようなそぶりを見せたので、退学になるように手を回したのだ。

だが誤算があった。

彼らを退学させるために、わざと苛められているところを、偶然瑠衣に見られてしまったのだ。そこから瑠衣の動きは早かった。学校と保護者に連絡を取り、レックスをとこととん守ってくれたのだ。それこそレックスは瑠衣に惚れ直したくらいだった。

凛とした態度で加害者の生徒らと対峙(たいじ)し、正面切ってレックスを庇った瑠衣を思い出すたびに、今でも心が歓喜に震えてしまう。

結局、レックスの思惑とは違い、彼らは退学ではなく懲罰室行きになった。

本当は納得のいかない結末だったが、瑠衣に嫌われたくなかったため、そこまでしなくてもいいと優等生らしいことを口にしてしまったのだから仕方がない。

だが、それでもいいかと思えることもあった。それ以降、以前よりさらに瑠衣の愛情をいっぱい受け止めることができたのは、あの莫迦どものお陰だ。彼らに温情を与えてもしかるべきと思えるほどの愛情を、レックスは瑠衣から得たのだから、彼らの退学を免除してやるのもやぶさかではなかった。

かくしてレックスは彼らを懲罰室送りにしてからその後、弱みを握り、自分のネズミとしてスパイの役割を与えた。

そういうことを裏で何度も繰り返し、そして逆にライバルに何度も陥れられそうになりながらも、レックスは最終学年となり、そしてキングへと上り詰めたのだ。

「私に停学処分にされないためにも、彼らに今、周知させたつもりだが？」

「おお、怖っ」

カーミディは笑いながら両手で肩を抱き、怖がるふりをした。だが今はそれを咎(とが)めるよりも、問いただしたいことがある。

「ところでカーミディ。やってくれたな」

「なんのことだ？」

しらばっくれる彼に、レックスはこれ見よがしに大きな溜息をついてやった。

「三位まで触れやがって」

言葉も少々乱暴なものになる。実は瑠衣が『湖の乙女』にならないように票を少し弄り、三位にしたことをカーミディは知っていた。何しろ彼も片棒を担いだのだから。

だがこの男の恋人のためにも同じく少し票を弄ってやったのだから、本来はお互いさまである。

「カーミディ、君の愛しの相手の票を今から復活させてやってもいいのだが？　君のＩＤで不正アクセスがあって、集計が間違っていたとでも言えば、どうにかなるだろう」

さすがにこれにはカーミディも表情を歪めた。

「汚い手を使うのはやめたまえ。まったく君は冗談も通じないのか」

「フン、君は私とは違って冗談が通じそうだな。さて、票を元に戻そうか」

有無を言わせない口調に、とうとうカーミディが降参と言わんばかりに両手を上げる。

「……ああ、悪かった。少しからかっただけじゃないか。それに私は君のことを思って、策を講じたんだ。後で感謝するに決まっている」

「どうして感謝するに決まっているんだ?」

わけのわからない説明に突っ込む。

「君はきっと義兄殿に惚れ直すさ。そして今みたいに煮え切らない態度に終止符を打つことになる。だからそのきっかけを作った私に感謝するに決まっているということだ」

なんとも酷い思い込みだ。レックスは胡乱な目つきでカーミディを見た。すると彼が少しだけ真面目な顔をする。

「レックス、もういい加減に自分以外の人間と彼を結婚させようという、君にはまったく似合わない自己犠牲の精神は捨てたほうがいい」

「『湖の乙女』に瑠衣が選抜されることが、捨てるきっかけになると?」

「ああ、彼を他人に渡すことができないと、思い知るがいい、未熟者よ」

「君に言われたくないな」

目を眇めて思いっきり嫌そうな顔をしてやったが、カーミディの言葉が胸を深く抉ったのを、レックスは認めざるを得なかった。

その夜、瑠衣の発情期の対策の一つでウィルソンにもできるだけ補佐をしてもらうよう提案するために、レックスは再びマンスフィール寮の瑠衣の部屋に忍び込んだ。すると瑠衣もそれについて考えていたようで、先ほどウィルソンの怪我の様子を聞きに行った際に、彼に補佐を頼んだとのことだった。やはり一人だと万が一、発情期で倒れた時に対処できないからという理由だ。

「ノアも捻挫でよかったよ。でもフィフティーン・ドミトリーズまでは安静にしていてほしいから、私がメインで動いて、ノアに補佐を頼むことにした」

「義兄さんも思わぬ役目も負ってしまったからな。私も義兄さんの傍にウィルソンがいてくれると思うだけでも安心できる」

瑠衣が淹れてくれた紅茶を一口飲み、本音を零すと、瑠衣が苦笑する。

「三位に自分の名前が入っていたなんてびっくりだよ。しかも繰り上げなんて……はぁ。あの場では冷静なふりをしていたけど、プレッシャー、半端ないよ」

瑠衣もまた紅茶を片手にぼやいた。テーブルの上には、レックスが街で買ってきた瑠衣の好きなクッキーが置いてある。

「私もまさか義兄さんに役目が回ってくるとは思っていなかった。わかっていたら、前もってなんらかの策を練っていたのだが……」

「そういう不正はいいよ。君には正しいキングでいてほしいから」

そう言われて、少しばかり胸がチクリと痛む。キングになるために、そしてなってからも、いろいろと裏工作をしていることは瑠衣には内緒だ。

キングの座は綺麗事だけでは手に入れられない。

「本当は着飾った義兄さんを他の生徒に見られたくない……」

「みっともないということか？」

レックスの気持ちを知らない瑠衣が、いや、もしかして知っているからこそ、冗談交じりでそんなことを言ったのかもしれなかった。だからそれに乗じて冗談を口にするしかなくなる。

「それもあるかな」

「おい」

テーブルの下に隠れているレックスの足を、瑠衣は軽く蹴ってきた。まったく痛くない戯れのようなものだ。

「暴力反対だ、義兄さん」

「君が本当のことを言わないからだ」

本当のことを口にしても取り合ってくれないのは瑠衣のほうだ。だがそれを責める気もない。レックスはもう一つの心配事を口にした。

「瑠衣は私の義兄でもあるから、『湖の乙女』という目立つ存在になって、いろいろと私のために揶揄（やゆ）されてしまうのではないかと心配なんだ……」

ブライアン伯爵家の正統な血を引く瑠衣を差し置いて、伯爵家の血をまったく引いていないのにキングになった義弟、レックス。二人の間の確執はいかばかりのものか――。そう言って裏で面白おかしく揶揄する生徒がいるのも事実だ。

「レックス……」

瑠衣に名前を呼ばれて、レックスは改めて彼の顔に視線を向けた。

「ったく、これではどちらが義兄かわからないな。そんなに私は頼りないかな」

「そういうつもりじゃ……」

慌てて否定すると、彼がくしゃりと笑った。無防備な笑顔に思わずドキッとする。

「わかっている。君はいつも私の心配をしてくれる優しい義弟だ。感謝している。ありがとう、レックス」

瑠衣に義兄として感謝される――。嬉しいはずなのに胸が急激に痛くなった。自分が求めているものはこれではないと心が叫ぶ。

だが耳に蓋をして、その声を聞かないようにするしかなかった。

レックスはテーブルの下で、爪が食い込むほど拳を握った。

「どうした？　レックス」

レックスの様子がおかしいことに気がついたのか、瑠衣が不安そうに声をかけてくる。

急いでいつものポーカーフェイスを張りつけた。

「いや、なんでもないよ、義兄さん。それより、今夜も熱を発散してもいいだろうか？」

首を傾げて瑠衣を覗き込むようにして甘えて見せる。すぐに瑠衣の頬に朱が走るのをレックスは見落とさなかった。

「そ、それは……昨夜だって……し、したじゃないか」

「アルファだって発情するんだ。昨夜だけでは足りないよ」

嘘じゃない。オメガのように自分の意志と関係ない発情期で苦しむことはないが、アルファだって愛する人を目の前にすれば、抱きたくて仕方がなくなる。愛が深ければ深くなるほど、その人を求めずにはいられなかった。

瑠衣——。

名前を心に思い浮かべるだけで胸が締めつけられる。

「それに義兄さんも発情期のフェロモンを発散させておいたほうがいいだろう？」

「う……」

瑠衣からは素直に抱いてほしいとは言えないだろう。だから少し意地悪に聞いてみた。すぐに瑠衣の目が羞恥に潤むのを見て、堪らなくなる。

「瑠衣」

「……レックス」

彼の誘うような声に、レックスはその手を彼の頬に伸ばした。

◆ Ⅲ ◆

ロンドン、高級住宅街の一つ、チェルシー地区にあるスローンスクエアに、ブライアン伯爵家のタウンハウスがある。父の代からカントリーハウスには滅多に戻ることがなくなり、一家は一年のほとんどをここで暮らしていた。

あの会議から一週間ちょっと経ち、瑠衣は『湖の乙女』の役に扮(ふん)するため、多忙な毎日を過ごしている。

そんな中、ある日、急に父と義母に呼ばれて実家に戻っていた。

先日、義母から結婚についての手紙を貰ってから、まったく返事をしていなかった瑠衣にとっては、なんとも居心地の悪い帰省である。

せめてレックスがいればよかったものを、彼はフィフティーン・ドミトリーズの準備の中心人物でもあるので、瑠衣と比べものにならないほど忙しく、来ることができなかったのだ。

そういうことで瑠衣の味方がいない針の筵(むしろ)のような夕食となるかと懸念したが、瑠衣を慕ってくれている末っ子のヘイゼルが同席したお陰か、予想とは違い、終始穏やかな雰囲気で終わった。

よかった。私の考えすぎだったかな……。

そう思いつつ、食後は場所をスモーキングルームに移し、お酒やお茶をそれぞれ飲む。スモーキングルームと言ってもたばこを吸うためだけの部屋ではなく、食後、団らんを続ける場所としても使っていた。

本来は男性のみが使う部屋ではあるが、最近はそういう伝統も薄れ、ヘイゼルをナニーに任せた義母も一緒にお茶を飲んだ。

「それにしてもレックスは凄いな。わがブライアン伯爵家からキングを輩出する日が来るとは、亡くなった祖父たちもきっと喜んでいるだろう」

父が妻の連れ子であるレックスを褒める。普段から自分の子と同様の教育、愛情を注ぐ彼は、レックスが優秀な生徒であることを手放しで喜んでいるようだ。

「レックスはすでにノンアルコール事業で成功しているようですし、私も彼の才能には一目置いております。本当に頼もしい義弟です」

瑠衣も普段は恥ずかしさもあってあからさまにレックスを褒めないが、今夜は彼がここにいないので、思う存分褒めた。

「そうか。あの子には爵位は与えてやれないが、これからも家族として一緒にいてくれたら、我が家としても頼もしい限りだ」

「そうですね、父さん」

そう答えながらも、レックスの才能をこの家で埋もれさせたくないと思う自分がいた。

瑠衣は家族の間でレックスの話が出るたびに、彼にブライアン家の血が流れていたら……と思ってしまう。

アルファでこんなにも優秀な彼が家を継げず、オメガである瑠衣が継ぐということが、瑠衣にとって少しずつプレッシャーになってきていた。

父はレックスにもブライアン伯爵家の一員として、この先も伯爵家を盛り上げてほしいと思っている。だが、将来このブライアン伯爵家で、彼の立場があまりいいようにならないのは目に見えていた。

もしオメガの瑠衣が当主になったら、つがいはアルファである可能性が高い。それは当主が瑠衣であっても伯爵家を仕切るのは、事実上つがいだということを意味した。

そうなれば将来、レックスは同じアルファで、しかもブライアンの血が流れていない者同士なのに、瑠衣のつがいに対して一歩下がらなくてはならなくなる。レックスのほうが優秀だとしてもだ。

逆に、後妻との子供のヘイゼルがアルファに覚醒して嫡子となった場合、兄弟仲もいいので、レックスは当主の兄として、まだ瑠衣が当主になった時よりはよい待遇を受けられるはずだ。

そういうこともあり、今はヘイゼルに次期当主の座を譲ったほうがいいのではないかと、瑠衣は思うようになっていた。

「まあ、レックスも将来が楽しみだ。学校でも人気者なんだろう？　結婚したい男のナンバーワンだとも聞いている」

「そうですね」

エドモンド校で非公式に行われている人気投票で、レックスが『結婚したい男』で二連覇しているのは学校では有名な話だった。だが父の耳にまで入っていることにびっくりする。

「レックスはアルファでキングを務めるほどの優秀な青年だ。これから先も引く手数多であろう。もしかしたら有力な貴族に婿入りして、我が家より高位の貴族になるやもしれんな」

するとそれまで黙っていた義母が口を開いた。

「結婚したい男といえば……あなた、瑠衣さんの結婚の話をさせていただきたいのですが」

義母の声に瑠衣はドキッとする。思わず顔を上げると、笑みを浮かべる義母と困惑を隠せない父の顔が見えた。

「瑠衣さんには手紙でお知らせしたと思うけど、イギリスの海運王とも呼ばれるマーベリン家があなたとの結婚をぜひに、と望んでいらっしゃるの」

「エレーナ、その話はやめないか。私は瑠衣を嫡男から外す気はないし、婿には出さない」

父がきっぱりと義母に告げる。だが義母は怯むことなく、美しい笑みさえ浮かべた。

「あなたのおっしゃりたいことはよくわかります。ですが、ブライアン伯爵家の主だった収入源、観光部門の経営が思わしくないことを瑠衣さんにもお伝えしておくべきだと思いますの」

エレーナの言葉は瑠衣にとっても初耳のものだった。

「経営難なのですか？」

瑠衣は慎重に父と義母の顔を交互に見た。父の顔が深刻そうに歪むのを見て、義母の話が本当であることを確信する。

「切り捨てたほうがいいとコンサルタントの方から言われているくらいには」

義母が何も言わない父に代わって答えた。

「そこでマーベリン家の方が、未来のつがいの実家が困っているなら、無償で支援しましょうと申し出てくださったの」

「支援……」

要するに昔からよくある金で買われる花嫁だ。

「やめないか。そんな瑠衣を売るような話、受け入れる気はない」

「あなた、よくお考えください。あなたの血を継いだヘイゼルがアルファだった場合、瑠衣さんの立場が微妙になりますわ。多くの親族からも異論を唱えられるでしょう」

「私の意見を通すまでだ」

父は不機嫌そうにスコッチを口にする。だが義母はそれにおかまいなく話を続けた。

「意見が通せますでしょうか。嫡子がオメガである場合は、兄弟にアルファがいた場合のみ、嫡子の変更が認められると法律でも決められているほど、オメガが当主となることを世間は疎んでいるのですよ」

その通りだ。オメガが家門の当主になることは一応認められているが、オメガは発情期がある性欲のバースとされ、まだまだ蔑む人間が数多くいる。

そんなバースの人間が当主となれば、その家門は他の貴族から相手にされないのが目に見えていた。まだつがいがアルファで当主の代理を務めていれば、どうにか体裁を保てるが、それはそれで、そのアルファに事実上、家門を乗っ取られることにもなる。そのためオメガの当主を愛し、守り、そして跪（ひざまず）くようなアルファでもいなければ、アルファをつがいとして迎え入れるのはなかなか難しい。

「瑠衣さんが当主になったら、それこそこの伯爵家だけでなく瑠衣さん自身も不幸になります。それなら、マーベリン家に婿入りして、大切にしてもらえるほうが瑠衣さんの幸せだと思うのです」

淡々と話を続ける義母に、父が我慢できないといった様子で口を開いた。

「やめなさい、エレーナ。君はヘイゼルに爵位を継がせたいだけで、そういうことを口にするのではないか？」

「継がせたくないと言えば嘘になるでしょう。ですが、ヘイゼルもまたオメガに覚醒してしまったらと思うと、一概にヘイゼルに爵位を継がせたいだけとは言えません。今度はヘイゼルが苦労することになりますから。オメガの当主はそれだけリスクを背負うことになります。だからこそ今できることをしておかねばならないと思うのですわ」

義母は意見を曲げる様子もなく、父に反論した。義母は確かに実の息子に爵位を継がせたいという野望を持っているが、そういう思いの中でも、ブライアン伯爵家の未来も考えての意見であることが瑠衣に伝わってくる。

オメガは当主に相応しくない――。

「――父さん、お義母（かあ）さんの意見も一理あります。私がこのまま当主になって、つがいにアルファを迎えることができなかったら、ブライアン伯爵家は多くの貴族から見限られるかもしれません。そうならないように努力はしますが、まだ古い考えを捨てきれない貴族は大勢います。簡単にはいかないでしょう」

瑠衣は目の前に置かれているティーカップに視線を落とした。

「それに財産家であるマーベリン家と縁ができるのは、ブライアン伯爵家にとって非常に利がある話です。オメガに覚醒した私がすべき役割は当主ではなく、ブライアン伯爵家を繁栄させることだと思うと、この話、悪いものではありません」

「瑠衣」

父の表情が歪む。それは瑠衣や義母の言っていることが間違っていないという証拠だ。

瑠衣はその表情を見て、改めて決意した。

「マーベリン家のご子息と会ってみます。エドモンド校での彼の評判は悪くはありませんし、会うに値する人物だと思いますので」

「まあ、瑠衣さん。すでにご子息のことをお調べになったの？」

義母が嬉しそうに声を上げる。

「調べるほどではありませんが、素行が悪ければ、自然と耳に入ります」

エドモンド校の情報網は侮れない。特に罰則に関してはすぐに学校中に知れ渡るほどだった。

「そういうものなのね」

義母も感心して頷く。

「ええ、それにご子息、ジャックという青年は私より一つ年下ですが、寮長を狙えるような優秀な人物だと聞いていています」

彼が入寮しているオールソールズ寮の寮生に聞いた話だから確かだろう。

「あちらは瑠衣さんのことをご存じだそうよ。ずっと憧れていて、話を受け入れてくれるなら嬉しいと言われているらしいわ。それに親しくしている子爵夫人も彼をご存じで、とても好青年だと言われていたの。瑠衣さんのつがいには最高の相手を探したかったから、まずは安心したわ」

本当に瑠衣の心配をしていたようで、エレーナは安堵の溜息をついた。

義母は自分の野心に忠実だが、追い払うような形で瑠衣の結婚話を持ってきたことに少しは罪悪感があるようだ。

瑠衣もただ義母の野心のために追い出されるのだったら抵抗するが、義母の心配事はそのまま瑠衣の心配事であり、伯爵家の行く末を思うなら、義母に言われるまでもなく、伯爵家を退くことは仕方がないと思っていた。

家門を第一に考えるように幼少の頃から教育されているからかもしれない。

それに――。

それに、愛していることをレックスに告げられない代わりに、せめて彼ができるだけ幸せになれるよう、道を作っておきたい――。

それがただ一つ、レックスのために瑠衣ができることのような気がした。

「瑠衣、もう少し時間をかけて考えなさい。急ぐことではない」

父が心配そうに声をかけてくれたが、瑠衣は決意を固めていた。

「いえ、あと半年ほどでエドモンド校を卒業します。大学に入る前に大体のことは決めておきたいと思います。まずはフィフティーン・ドミトリーズが終わったら、マーベリン家のご子息に声をかけてみます。エドモンド校でなら会う機会もたくさんありますから。話してみて、もしかしたらどうしても性格が合わない等、追々問題が出てくるかもしれません。たとえ政略結婚だとしても、まったく気の合わない人間とは添い遂げられませんので、断る可能性も考えて、早めに会っておいたほうがいいかと」

「だが、瑠衣。少し急ぎすぎではないか？　オメガであっても伯爵家は継げる。継げるように私が準備を進めておく。だからもう少し慎重に考えなさい」

父はそう言うと、クイッとスコッチを飲み干し、席を立った。

「今夜はこの話はもうおしまいだ。瑠衣もそろそろ学校に戻らないと門限に間に合わないだろう？　気をつけて帰りなさい。車を用意させよう」

「あなた……」

義母が何かを言いたげに声を上げると、父が義母に視線を向けた。

「エレーナ、ヘイゼルには別の爵位を考えている。だから瑠衣をせっつくことをやめてくれないか。あくまでも瑠衣の考えを尊重したい」

エレーナが表情を歪めるも、父はそれを無視して、執事に瑠衣を学校まで送る車の手配をさせたのだった。

＊＊＊

瑠衣が、レックスが使用人から嫌がらせを受けていると気づいたのは十二歳の時だった。

エドモンド校への入学も決まり、瑠衣とレックスは少しでも早くエドモンド校に慣れるようにと、一学年で習う科目のいくつかを家庭教師から習うようになっていた。

その日、瑠衣が午後から亡くなった母の墓参りに一人出掛けるため、屋敷の廊下を歩いていると、使用人の話し声が聞こえてきた。小さな声だが、まだ十二歳になったばかりの瑠衣は好奇心が勝り、つい聞き耳を立ててしまった。

「あら、お子様たちのお菓子の用意はいいの？」

「いいのよ。だって瑠衣様はお出掛けで、残るのは連れ子だけよ。連れ子にお菓子なんて出さなくてもいいわ」

連れ子というのはレックスのことだ。レックスは瑠衣がいなければおやつのお菓子も出してもらえないようだった。

そんな……。

なんとなく悲しい気分になった。レックスは元々お菓子に興味がないのか、瑠衣とおやつを一緒に食べていても、あまり嬉しそうではなかった。瑠衣は逆に好きなおやつが出るとテンションが上がって、つい余分に食べてしまうのに、だ。

お墓参りから戻ってきたら、おやつを用意してもらってレックスと一緒に食べよう。

瑠衣はそう思って、その場を離れた。

そしてまた違う日に瑠衣は家庭教師がレックスに理不尽なことを命令しているのを聞いてしまった。

「貴方(あなた)は瑠衣様のついでに教えているのです。くれぐれも瑠衣様の邪魔をしないように。授業中は余計な質問は控えてください」

「わかりました。申し訳ありません」

レックスが素直に謝るのを見て、さすがに瑠衣もこれには黙っていられず、部屋の中に入った。

「失礼します、先生。僕はレックスが質問してくれるから、より理解できるのです。レックスの質問を控えさせることはやめてください！　それにそんな差別はエドモンド校生になる僕たちにも失礼だと思います」

「る、瑠衣様……」

家庭教師は青くなってあたふたしていたが、結局は瑠衣の邪魔にならなければいいとか言い出し、自分の言葉を訂正してくれた。そして入学までの残りの数か月、なんとも気まずい雰囲気で授業を続けたのだ。

瑠衣がレックスに対する使用人の様子を注意するようになってから、他にもいくつか問題が出てきた。

レックスだけリネン類の交換の回数が少なかったり、出掛ける時に自分でタクシーを呼ばないといけなかったりと、小さな嫌がらせが後を絶たなかった。

どの使用人もレックスが実子ではなく、この伯爵家を継ぐ人間でもないので、軽く見ているのだ。立場の弱い人間に恩を売っておく必要はないと考えているのだろう。

それどころか平民のくせに貴族の顔をしていると、やっかみも受けているようだった。

とうとう瑠衣は我慢できずに伯爵家当主である父に進言することにした。だが父は、すべてはレックスの力量が足りないせいだと、動くことはなかった。

「瑠衣、お前はこの先ブライアン伯爵家を継ぐことが決まっている。そのためお前には与えられるべきものが与えられ、使用人もそれなりに敬意を示す。だがレックスは違う。己の力だけでこの屋敷の使用人から敬意を向けられなければならない。逆にここの使用人からも莫迦にされるようだったら、世間に出ても莫迦にされるだけだ。そうならないよう、彼は多くのものをこれから吸収しなければならない。可哀想だからと彼の成長を阻害してはならないぞ、瑠衣」

確かに言っていることは理解できるが、それでも瑠衣は納得できなかった。

レックスのほうが瑠衣よりも優秀であることは、一緒に勉強していることもあって肌で感じている。それに悔しいが勉強だけでなく運動も彼のほうが優秀だった。

なのに、レックスが劣っているかのように言われるのは、まだ子供で、正義感に溢れた瑠衣には我慢ができなかった。

彼がブライアン伯爵家の血を引いていたら、間違いなく当主になるだろう。

血がそんなに大切なのだろうか。貴族かそうでないかで、そんなに待遇が変わる世の中でいいんだろうか――。

瑠衣は家庭教師の授業が終わった後、いつもテーブルを挟んで、レックスとおやつを食べながら、そんなことを話した。

だがレックスはいつも大人たちが正しいとしか言わなかった。自分が理不尽な立場に置かれていることに、瑠衣の前だからかもしれないが、文句を言うことがなかった。

「母からも不相応なことを考えるなと言われている。僕は本当なら伯爵家に入れてもらえなくても仕方がない存在なんだ。息子として受け入れてもらえただけでも感謝しないといけない。瑠衣とは違うよ」

「違うもんか。レックス、いつか絶対、伯爵家を見返してやれよ。優秀な君はこんな家に縛られていてはいけないからな。外で成功して父たちを驚かせてやるんだ」

「瑠衣」

レックスが驚いたような顔を向けた。いつも冷静な彼にそんな表情をさせたことに、瑠衣はちょっとだけ得意になる。

「大切なのは『家』や『血』じゃない。『人』だって、証明しようよ。僕も手伝う」

エドモンド校に入学するための勉強をたくさんしたせいか、すでにエドモンド校精神が、瑠衣にも宿っていた。

「瑠衣は面白いな。僕が君の家、ブライアン伯爵家をやっつけちゃってもいいの？」

レックスが急に意地悪なことを言ってくる。だがそれも冗談で二人が気安い仲であることを証明しているようで、瑠衣は嬉しかった。

「あ、そこはお手柔らかに。僕が当主になったら、全面的に君と仲良くするつもりだし」

「全面的に仲良くって……ははっ、瑠衣がそう思ってくれているだけで、嬉しいよ」

彼が光の中で微笑む。瑠衣はレックスならこの家から自由になり、世界に羽ばたける人間になれると信じていた。

だからそれまでは瑠衣がレックスを守ると心に誓う。

「レックス、君が使用人からの嫌がらせをいなしている間は、僕は口出ししない。だけど、本当に困ったら、僕がいることを思い出して。君が嫌な思いをするのは僕も嫌なんだ」

「瑠衣……」

テーブルの向こう側に座っていたレックスが双眸を細める。瑠衣は一瞬、レックスが泣いているのかと思ったが、そうではなかった。ふわりと瑠衣を抱き締めてくれる。

「ありがとう、瑠衣。君は僕にとってかけがえのない人だ」

「うん、僕もだよ、レックス」

血の繋がっていない義兄弟だが、血以上に大切なものが二人の間には流れていることを、瑠衣は感じる。

そしていつも一緒にいた二人は、エドモンド校に入学して別々の寮に入ることになった。

＊＊＊

瑠衣は実家から乗ってきた車を校門前で降り、警備員に外出届と学生証を見せて校内へと入る。

「寒っ……」

冬の寒空に、瑠衣はコートの襟を立てて肩を竦めた。

本来ならば、今は発情期の真っ只中であるが、レックスのサポートと抑制剤のお陰で、こうやって普通に生活できていることを瑠衣は改めて感謝した。そして先ほどの義母の言葉が脳裏に浮かぶ。

『オメガの当主はそれだけリスクを背負うことになります。だからこそ今できることをしておかねばならないと思うのですわ』

この体質を考えても、早く当主を辞退して、結婚したほうがいいんだろうな……。いろんなことが瑠衣を早く結婚させるために動いているような気がしてならない。もしかしたらこれが『運命』というものなのかもしれないとも思った。

レックスとは繋がらない運命――。

自覚した途端、胸がきゅうっと痛むが、気づかないふりをするしかない。マンスフィール寮まで歩いて十五分ほどだ。瑠衣は足早に寮へと向かった。

歩道の両脇には街灯が並び、夜でも足元が明るい。黒い木々の向こうにはエドモンド校のシンボルの一つ、ライトアップされた大聖堂が寂しげに聳えていた。

「今年で、この景色ともお別れだな……」

今後、クリスマスイブのコンサートで来られないこともないが、在校生として見上げる景色と、卒業してから見上げる景色では絶対に違うはずだ。

瑠衣はこの景色をしっかりと脳裏に焼きつけようと、しばらく見上げていた。すると足音が近づいてくるのに気づく。夏の季節ならまだしも、冬の寒い時期に、しかも門限ぎりぎりにここを歩く生徒は珍しいと思いながら、瑠衣は振り返った。

「っ！」

いきなり口を塞がれる。

「早く！」

誰かが叫ぶのを耳にしながら、瑠衣は意識が遠のくのを感じた。あまりに不自然な状況に、これが何かの犯罪絡みであることに気づく。

しまった……クスリか何かを嗅がされた？

複数の人数に抱えられ、瑠衣はとうとう意識を失ったのだった。

何か躰がざわざわする。瑠衣は不快な感覚に目が覚めた。

「あ、目が覚めちゃった」

頭上から気が抜けるような呑気（のんき）な声が聞こえる。どうしてか薄暗い部屋の中で瑠衣の上に男が一人乗っていた。今まさにセーターを脱がされそうになっており、男の手のひらが瑠衣の下着へと伸びているところだ。

「なっ！」

瑠衣は慌てて起き上がり、男を撥（は）ね退（の）けた。突然のことに男も対処できなかったようで、簡単に瑠衣の上から転げ落ちた。

「くそっ、何しやがる」

それはこちらの台詞だ。瑠衣は男をきつく睨みつけた。

薄暗い部屋はどこかの地下室のようだった。瑠衣には縁がないが、禁忌な遊びを楽しむ輩が集まる秘密クラブの一室だろう。

瑠衣が緊張して身を固くしていると、くすくすと笑う声が聞こえた。

「なぁんだ。オメガだから、誰とでも喜んでエッチするのかと思ってたよ」

笑いながら瑠衣の前までやってきたのは、ファンタジーの世界から飛び出してきた妖精かと思うほど、華奢で可愛らしい青年だ。

シーラス！

瑠衣はすぐに顔と名前が一致した。可愛い顔をしているが、素行がよろしくない生徒の一人だ。先日の会議で、『湖の乙女』の票が二番目に多かったのに、喫煙がばれて失格になった彼は、懲罰室に送られるのではないかと言われていた。だが、ここにいるということは、そこまでは罰せられていなかったのだろうか。

「君が『湖の乙女』に選ばれたと聞いて、びっくりしているんだよ。僕が喫煙で役に相応しくないとされたのに、キングとエッチしまくっている君が、清楚な『湖の乙女』に抜擢されるなんてあり得なくない？」

「キングは義弟だ。そんな関係ではない」

レックスのためにも、ここは完全に否定しておかなければならない。

「キングがマンスフィール寮に毎晩通っているのは、裏では有名な話だよ?」

「毎晩なんて通うものか」

頻繁には来るが、毎晩ではない。それゆえにこの噂は誇張されていると思われた。

噂はあくまでも噂だ――。

自分から認めるような発言をしないためにも、瑠衣は気を引き締めた。しかしシーラスはそんな瑠衣を品定めでもするかのごとく見下ろす。そしてしばらく見つめていると、興味を失ったのか、投げやりに話し始めた。

「ふぅん、まあ、どっちでもいいや。目的は君を『湖の乙女』の役から下ろすことだから。ここで腰を振る君の写真でも撮って、ばら撒いてあげようか。それとも裏で高く売ってもいいかな。『セレーネの君』が実は淫乱だって、皆びっくりするかも」

この場にそぐわない可憐な笑顔でさらりと告げられ、恐ろしさが増す。

「じゃ、ショーを始めようか」

シーラスの声に、先ほど瑠衣の上に乗っていた男と、別の男二人が瑠衣に近づいてきた。

刹那、瑠衣の躰が恐怖で小刻みに震えだす。だがそれを相手に知られるわけにはいかず、無理をして虚勢を張った。

「君たち、これ以上何かしたら、訴えるからな!」

「訴えられるものなら、訴えてみろよ。今から撮る写真、動画、全部流してやる」

男の手に、休日以外は手にしてはいけないスマホが握られていた。平日はハウスマスターに渡さなければならないので、きっとこれは秘密裏に持っているものであろう。

どうにかしないと――――。

震える躰を叱咤しながら、瑠衣は冷静になるよう自分に言い聞かせた。冷静さを失ったら、ますます不利になる。

瑠衣はオメガに覚醒してから護身術をいくつか習っていた。無事に成功するか不安を覚えながらも、まずは自分の足を確認する。縛られてもいないし、痛いところもなかった。

そうなると次はイメージだ。まず近づいてきた彼らの腕を捻(ひね)り上げて、そのまま一人でも多くの股間を思いっきり蹴り上げる。そうして彼らが痛みに悶絶(もんぜつ)している間に、彼らの背後にあるドアから逃げる。無謀かもしれないが、これしか逃げる手立てがなかった。

よし、行くぞ――――！

そう思った瞬間、大きな音を立ててドアが開く。いや、蹴破られた。

え――――？

「そこまでだ、シーラスッ！」

大声と一緒にレックスが入り口に立っていた。後ろにはギルバート、カーミディ、さらに驚くことに校長までいる。そしてその背後に上流階級出身と思われる紳士もいた。

「瑠衣、大丈夫か！」

「あ……レック……ス」

瑠衣はレックスの顔を見て、安堵で全身から力が抜け落ちるのを感じる。すぐにレックスが駆け寄ってきてくれて瑠衣を抱き締めてくれた。震えて仕方がなかった躰が落ち着き、彼のぬくもりに瑠衣の心が癒やされる。

「ケベック！　お……お前はっ！」

ケベックと呼ばれたシーラスは目に見えて躰を震わせた。

「と、父さん……」

一番後ろに立っていた紳士は、どうやらシーラスの父親のようだ。

「お前は……なんてことを……」

紳士はその場に頽れる。シーラスもさすがに父親にこの様子を見られたことに動揺し、その場に座り込んでしまった。その間、他の生徒らが抵抗するも、ギルバートやカーミディによって捕まり、早々に連れていかれる。それを校長は横目に見ながら、紳士に声をかけた。

「シーラス伯爵。どうやらご子息は少し我が校の校風には合わないようですな」

「校長！　お待ちください」

伯爵と呼ばれた紳士は慌てて校長のほうを向いた。だが校長は淡々と言葉を続けるだけだ。これだけのことを、しかも実際に目にしてしまったのだ。弁解の余地はない。

「しばらくご子息は家に戻られたほうがいい。今後のことはまた相談しましょう」

要するに一旦停学処分にするが、その後は教員会議で退学を決めるということだ。

「シーラス、今日はもう遅い。明日、荷物を纏めて、一旦家に帰りなさい」

「あ……」

シーラスが震えながら、レックスと今まさにレックスに抱き締められた瑠衣を指さした。

「この二人にも処罰を！　毎夜、淫らなことを寮でしていると聞き及んでおります！　僕が処罰されるなら、隠れて不純行為を繰り返すこの二人も処罰してくださいっ！」

「な……」

シーラスの怒りに燃えた瞳が瑠衣に向けられた。もしかしたら『湖の乙女』の役を取られる前から瑠衣のことを嫌っていたのかもしれない。

瑠衣が黙ってシーラスの言葉を聞いていると、校長がレックスを振り返り、尋ねてきた。

「キング、彼の言っていることは本当かね？」

レックスはその質問に、さらりと返す。

「いえ、腹いせに私たちを陥れようとしているのでしょう。確かにそのような噂が面白おかしく話題になっているのを知っていますが、ある種のエドモンド校ならではのエンターテインメントの一つとして放置しております。ですが、もしお疑いなら、義兄の所属するマンスフィール寮の寮長、及び義兄のファグに聞いてくださってもかまいません。事実無根の噂だと確信されるでしょう」

　レックスはまったく動じることなく清廉なキングを演じる。

「わかった、君を信じよう」

「ありがとうございます」

　レックスが丁寧に礼を言うと、校長は瑠衣に視線を向けた。

「ブライアン義兄、大変だったな。無事で何よりだった。君を救ったマンスフィール寮の下級生たちに後で何か礼をしてやりなさい」

「下級生たちが？」

　どうやらこの救出劇に、下級生らが関係しているらしい。

「三人で星の観察をしていたら、君が誘拐されたのを目撃して、二人は君の後をつけて、一人はマンスフィール寮の寮長にすぐに知らせたそうだ。それで寮長は義弟であるキングに知らせに来たんだ」

　校長がそう言うのに続き、レックスが言葉を足した。

「私はちょうどシーラスの処遇を、彼のお父上を呼んで校長と相談していたところだったんだ。そこにウィルソンから君が拉致されたと聞いて、慌てて来たという顛末だ」

「そうだったんですね」

　と、頷くも、さすがに偶然が重なりすぎるような気がして、瑠衣は不審に思うが、計画的だと思うには、それもまた難しいような気がした。

「校長、私は義兄を病院へ連れていって、何も異常がなければ、寮まで送っていきます」

「ああ、そうしてやりなさい。話し合いは一旦終了にしよう。あとは教員会議の結果を待つしかないな」

「はい、わかりました。では義兄を病院に連れていきますので、失礼いたします」

レックスはそう言うと、瑠衣をひょいと抱き上げた。

「え?」

突然のことで瑠衣はあたふたしてしまうが、この状態がおかしいことくらい気づく。

「レックス、私は歩けるから、下ろしてくれ」

「駄目だ」

有無を言わせない様子でレックスは告げ、瑠衣を抱えたまま階段を上り、地下室を出た。

外は相変わらず寒く、瑠衣はぶるっと寒さで震える。するとレックスは瑠衣を一旦下ろし、自分のコートを脱いで瑠衣の躰の上にかけた。

「レックス、いいよ。君が風邪を引く。私のコートは地下室にある。取りに戻ろう」

「置き忘れたコートはそのまま処分しよう」

「処分って……」

思いも寄らないことを口にしたレックスを見上げる。だが彼はいたって真剣に言っているようだった。

「あと、その服もセーターも含めて一式、捨てる。瑠衣が怖い思いをした時に身につけていたものは、すべて不必要なものだ。新しくしよう」

どうやら瑠衣を思ってのことらしい。

「別にそこまでしなくても大丈夫だ」

「私が大丈夫ではない」

すぱっと言い切られ、瑠衣は気づいた。もしかしたら瑠衣以上にレックスが傷ついているのかもしれない。

「レックス……」

瑠衣が彼の名前を呼ぶと、彼がまた瑠衣を抱き上げた。瑠衣はせめて彼が寒くないようにと、温めるつもりで彼の首にしがみつく。すると瑠衣が怖がっていると思ったのか、彼が子供をあやすように、そっと背中を撫でてくれた。その優しさに涙が出そうになる。

レックス、好きだ――。

声に出せない想いは、瑠衣の胸を締めつけるだけだ。

「病院へ行くよ、義兄さん」

瑠衣は黙って首を縦に振った。

病院で問題がないと診断された瑠衣は、そのままレックスとエドモンド校へと戻ってきたが、すでに十二時を越えていたため、寮ではなくキングの間がある校舎へと向かった。夜の校舎に入るのに警備員に許可を得る。キングであるレックスはほぼフリーパスのようで、簡単に中に入ることができた。

キングの間に着くと、部屋が冷え切っていたため、レックスはすぐにヒーターをつけ、ヒーターの前に椅子を持ってきて瑠衣を座らせてくれる。レックス自身は瑠衣の横に跪き、心配そうに瑠衣の顔を見上げてきた。

「落ち着いたか？」

「ああ、ありがとう。大丈夫だ」

実は病院で治療されている間、瑠衣は襲われたことに対して急に恐怖を感じてしまい、躰の震えが止まらなかったのだ。その間、ずっとレックスが手を握ってくれていて、ようやく瑠衣も恐怖が薄れ、落ち着いたのだった。

レックスは屈んだまま、瑠衣の埃だらけになっていたチノパンの左足をまくり上げる。左の膝には大きな絆創膏が貼られていた。地下室の床に転がされていたせいでできた擦り傷だ。

「お医者さんに言われるまで怪我をしていたなんて気づかなかったよ」

瑠衣がぽつりと呟くと、レックスがその膝に唇を寄せた。そこからじわりと熱が生まれ、瑠衣は思わず膝を引いてしまう。瑠衣が逃げたことに気がついているはずなのに、レックスは薄く笑みを浮かべて話し始めた。

「緊張していて、痛みに気づかなかったんだろう。膝の辺りに血が滲んでいたから、気になっていたんだが、やはり擦り剝いていたな。明日になるときっと痛くなるぞ」

「ああ、そうだな。全身痛くなりそうだ。だが発情期中にもかかわらず、症状が出なかったのは不幸中の幸いだったよ。発情していたらと思うだけで怖い」

きっとあの不良学生たちが皆、瑠衣のフェロモンに惑わされ、大変なことになっていただろう。そして後で『オメガのフェロモンに酔わされた』とでも言われてしまえば、彼たちの罪も軽くなってしまう。

「――もしそんなことになったら、あいつら、全員殺してやるよ」

「え?」

聞き間違いだろうか。不穏なことを耳にしたような気がして聞き直すと、いきなり着信音が鳴った。レックスのスマホだ。キングだけは他の生徒とは違い、スマホの使用を無制限で許されていた。レックスはすぐに電話に出る。

「ブライアンです。はい、先ほどはありがとうございました」

誰かと話し始める。

「ええ……はい。病院の検査では異常はありませんでした。はい……。それで今夜は義兄をキングの間で休ませようと思います。はい……はい、私も一晩一緒にいます。寮のほうにはこちらから連絡を入れます。はい……ええ、義兄が暴力を受けたことは内密に。ええ……シーラスが犯した罪を公にできないのは悔しいですが、義兄の名誉を守るためにも……ええ……ぜひ。お手数をおかけいたします。はい、校長。では失礼いたします」

どうやら相手はエドモンド校の最高権力者の校長のようだった。普通の生徒ではとても気軽に話せる相手ではないので、この会話からキングの権力を垣間見たような気がする。

レックスは校長との電話を終えると、続けて何件か電話をした。相手は瑠衣の寮、マンスフィール寮と彼の寮、ウォーチェスター寮のハウスマスターだった。校長の了解を取っていると言えば、急な外泊もスムーズに許可が取れて、瑠衣は驚きを隠せない。さらに何人か生徒らしき人間にも電話をした。その中にノアもいた。彼も瑠衣の捜索に動いてくれたらしいので、それの礼と現状報告だ。

レックスはすべて手慣れた様子で無駄なく処理していった。普段も裏でいろいろと画策している様子がなんとなく窺える。

「……ノア、スマホ、隠し持っていたんだ……」

思わず瑠衣は呟いてしまった。今、レックスが連絡した相手は、全員違反であるスマホを隠し持っているということである。まさか自分の親友であるノアも瑠衣に内緒で持っているなんて思ってもいなかった。

「寮長クラスになる生徒なら、皆、スマホくらい隠し持っているさ。そうでないと秘密裏に連絡が取り合えないだろう？」

レックスがまったく悪びれることなく説明してくる。

「私は持っていないぞ」

「それが当たり前だ。この学校でスマホを秘密で持っている生徒なんて、ロクな人間はいないぞ」

寮長がロクでもない人間だと言いたげだが、確かにそうかもしれなかった。どの寮長も、一筋縄ではいかない人間しかいない。ノアもきっとそうなのだろう。

「キングがそんなことをいばって言うな」

そう言うと、急にレックスが手際よく瑠衣の衣服を脱がせ始める。

「レックス？」

「そろそろ部屋も温まったから、このセーターも脱いで。捨てるから」

気に入っていたセーターだったが、男たちの手から逃げる際、ブチっと糸が切れたような音がしたり、地面に擦ったりしたから、汚れてぼろぼろになっていた。

瑠衣は諦めて言われるままセーターを脱いだ。途端、ぶるりと躰が震えた。だが震えたのは寒さのせいではないかもしれない。レックスの視線があまりに鋭くて、それに反応してしまったような気がした。

レックスは瑠衣が怪我をしていないか、シャツまで脱がせてもう一度あらゆるところの肌のチェックをし、安堵の溜息をつく。

「他は打ち身くらいだ。よかった。で、義兄さん、いつまで魅惑的な姿で私を誘惑しているんだい？」

レックスの声に瑠衣は改めて自分の様子を確認した。チノパンは脱げかけて下着が見えるし、シャツも彼によって脱がされてしまったので、上半身は裸だ。

「な……で、でも、こ、これは、君がシャツまで脱がすから……」

瑠衣が話しているうちに、レックスが人の悪い笑みを浮かべ始める。

「あまり人の言うことを素直に聞いてはいけないな。まあ、それが義兄さんのいいところなんだけど」

「何がいいところだ。義弟のくせに生意気だ」

怒っているのに、レックスはますます笑みを深くした。なんという不届き者だろう。

「はいはい。生意気ついでに、義兄さんの躰を清めよう。洗ってあげるよ」

「え？　いいって、自分で洗う」

「駄目だよ。義兄さんは怪我人だ」

「怪我人って、足を擦り剝いただけ……あっ」

抵抗も空(むな)しく、軽々と抱き上げられた。本当に義兄としての立場がない。

この後、瑠衣はシャワールームでしつこいくらい躰を洗われて綺麗にされたかと思うと、発情期だから念のためセックスしておこうなどと言われ、シャワーを浴びながら抱かれた。

明日、全身が痛くなるのは、絶対事件のせいだけではない。

そう悟るも、もう手遅れだ。瑠衣は猛るレックスを止められなかった。

◆ Ⅳ ◆

寮対抗のラグビーの試合、フィフティーン・ドミトリーズは、毎年二月一日から始まり、二月十四日のバレンタインデーに決勝戦を迎える、エドモンド校の名物イベントの一つだ。優勝した寮のチームは美しい『湖の乙女』から『栄光の剣』を受け取り、有終の美を飾る。

毎年この『湖の乙女』を選出する投票から大いに沸き、大会の間、乙女に選ばれた生徒が、いかにそれらしく振る舞うかで、イベントの熱気の高まり方も違った。

今年は選ばれた生徒が急遽家の事情で不参加となったため、瑠衣が代役を務めることになり、盛り上がりに欠けるかもと心配していたが、それも杞憂(きゆう)に終わりそうだった。

瑠衣が代役となることが発表になるや否や、生徒らから『とうとう来た』とか『ラスボス降臨』などと軽く騒ぎになったのだ。

どうやら以前から瑠衣がこの類いのイベントに選出されないのを不思議に思っていた生徒が多かったらしく、中には「選ばれないのは神の悪戯だ」とか「『セレーネの君』が選ばれないのは、ブライアン義弟が裏で手を回しているに違いない」とか、まことしやかに囁かれていたと聞いた。だが今回の瑠衣の選出で、そういった噂は消えそうだ。

さらにこの大会にはもう一つの裏イベントがあった。

試合がバレンタインデーの日に終わるということもあり、優勝チームの生徒であれば、希望により決勝戦後に全校生徒の前で好きな相手に愛の告白をするという最高の舞台を用意してもらえるのだ。

十年くらい前から始まった裏イベントであるが、毎年盛況で、今や本来の正式なイベントよりも生徒に人気があるのではないかと思えるほどになっていた。

レックスの綺麗に整えられた指先が繰り返しデスクを叩いていた。彼が苛々(いらいら)しているのが周囲にも伝わってくる。

「レックス、どうしたんだ？　そんなに苛ついていたら周囲の生徒が怖がって近寄ってこないだろう？」

キングの間で書類を手にしていたレックスに、アントニウス寮の寮長でもあるカーミディが声をかけてきた。

「苛ついてなどいないが？」

じろりと睨みつけるが、カーミディはまったく気にせずに、それどころか傍にいた役員の生徒に「あとは私がやっておくから、もう寮へ戻りなさい」と、優等生ぶりを発揮していた。

生徒は機嫌の悪いキングと一緒の部屋にいることにかなり緊張していたようで、カーミディの申し出に飛びつき、感謝しつつ部屋から出ていった。

扉の閉まる音が響く。途端、辺りがしんと静まり返った。

「どうした？　君の寮のウォーチェスター寮が一昨日負けたのが気に入らないのかい？　君が選手として出場できないのは痛手だったが、仕方ないだろう？　裏方を纏めなければならないキングは選手から除外されるのは昔からの決まりだ」

「それは仕方ないとわかっているさ。我が寮は最善を尽くした。来年こそは優勝するに違いない」

フィフティーン・ドミトリーズは、一日一試合。計十四試合が土日も含んだこの二週間で行われる。授業も大会用に調整され、十三時から十五時を試合時間とし、皆が観戦できるようになっていた。

ウォーチェスター寮は三回戦で負けてしまい駒を進めることはできなかったが、いよいよ明日、二月十四日、決勝戦が行われる。

勝ち進んだのはオールソールズ寮とリネカー寮だった。

「なんだ、それは?」

カーミディがレックスの机の上に置いてあったファイルに気づく。データではなくわざわざアナログのファイルであることに興味を覚えたようだ。

たぶん他の生徒も興味を持ったかもしれないが、キングであるレックスに尋ねる勇気がなく、聞かずにいたのだろうか、誰も指摘してこなかった。だがカーミディはレックスが何も答えないのをいいことに、遠慮なくそのファイルに手を伸ばした。もちろん彼に見られてもいいものだったので、したいようにさせる。

「ジャック・マーベリン……。ああ、オールソールズ寮の次期寮長候補ナンバーワンと言われている優秀な四学年生だな」

さすがはカーミディだ。エドモンド校で良くも悪くも名前が通っている人物は全員把握しているようだった。

「なぜ、彼の身辺調査のようなファイルがここに?」

「瑠衣の結婚相手の候補だ」

少し前、瑠衣の様子がおかしかったので、調査会社に依頼して調べさせたら、いつの間にか瑠衣に結婚話が持ち上がっていることがわかったのだ。

「は?」

カーミディが珍しく素っ頓狂な声を上げる。少し滑稽なその様子を目にしてレックスは鼻を鳴らした。

「フン、私に秘密で話が進んでいるようだ。瑠衣の様子がおかしいと思って調べさせた」

するとカーミディの眉がわずかに歪む。

「……相変わらずブライアン義兄においては、君は少し怖いな」

「怖くない」

そう答えると、カーミディは軽く肩を上下させた。

「まあ、なかなかいいじゃないか。彼なら優良物件だ。君が常々言っている、義兄殿に相応しい相手が見つかったではないか」

「駄目だ」

即答だ。

「おいおい、どこが駄目なんだ？」

「マーベリン家は貴族ではない。しかも義兄はつがいを娶るのではなく、嫁がされる」

これが一番の問題だった。マーベリン家に嫁ぐ。それは瑠衣が嫡男から外されることを意味していた。母の画策だろう。これで実子、末の弟のヘイゼルを嫡男に据えることができるのだから。

「さて、どうするかな……」

レックスはすっかり暗くなっている窓の外に目を遣った。

＊＊＊

二週間の激戦を乗り越え、二月十四日。フィフティーン・ドミトリーズ決勝戦の日がやってきた。

瑠衣はすっかり発情期を脱し、今日も『湖の乙女』になるために、試合が行われているグラウンドの裏に設(しつら)えられた準備室にいた。

化粧や着替え、ヘアのセットなどを含めて一時間ほど、毎回皆のおもちゃになった気分で耐えていたが、それも今日が最後だ。しかし完成して鏡に映る自分を改めて見て、なんとも複雑な気分になった。

これ、絶対にレックスに見られたくないやつだ……。

今日は決勝戦で、優勝した寮に『栄光の剣』を授けるという『湖の乙女』として重要なイベントがあるため、化粧やヘアセットなどの気合の入れ方がいつもと違っていたのだ。

湖をイメージする水色のドレスは透け感のあるシフォンを幾重にも重ねたもので、それはいつもと同じだったが、昨日までストレートだった長い金髪のウィッグは、今日は皆がカーラーで必死に巻いて頑張った、ゆるくウェーブがかかったものになっていた。

さらに儚(はかな)い美しさを醸し出すなどと言って、スタッフが張り切って作ったパステルカラーの大きな花のコサージュが、胸元にいくつも縫い留められている。

化粧もかなり完成度が高いが、やはり元は瑠衣だ。どう化粧で誤魔化しても瑠衣の顔でしかなく、女装が丸わかりの姿に、今すぐにでも逃げ出したかった。

「ブライアン義兄、そろそろ出る準備をしてくれ」

瑠衣の葛藤をよそに、イベントの準備委員会の役員で、瑠衣の従者役をする生徒が指示をしてくる。彼の手には『栄光の剣』が握られていた。

「それが『栄光の剣』なんだな。間近で初めて見たよ」

「ああ、実は私もだ。落とさないようにと思うと、冷や冷やするよ」

彼はそう言って苦笑する。百年以上、エドモンド校にて代々伝えられてきた由緒ある剣は、元々は名のある侯爵家の家宝の一つで、当時の当主がエドモンド校に寄付したらしい。調べると遡(さかのぼ)ること五百年以上前のテューダー朝のものとのことだった。

そんな剣を、裏イベントで使っていいのかという疑問は残るが、約十年間、この剣を使ってイベントが行われているので、これからも使われていくのだろう。

「舞台の上で君に渡すから、扱いに気をつけてな」

「ああ、プレッシャーが……」

瑠衣は胸に手を当てた。もうすぐ決勝戦が終了して優勝寮が決定すると、いよいよ瑠衣の出番となる。緊張が半端なかった。

決勝戦はオールソールズ寮とリネカー寮の試合だ。瑠衣も本来なら決勝戦を観戦したいところだが、役員と『湖の乙女』役の生徒は着替え等の準備で、ほぼ見ることができない。合間合間に準備室に設置されたモニターで見るだけだった。

だがそれでもハラハラするシーンなどは全員の手が止まってしまう。さらにモニターとグラウンドから二重で声援が聞こえてくるので、臨場感は半端なかった。

「GO、GO！　オールソールズ！」

「走れ、リネカー！　追いつけ、リネカーッ！」

試合が終わりに近くなれば近くなるほど、モニターを見ている暇がなくなる。音だけで試合状況を察して、役員たちが慌ただしく準備を進めた。

やがて大歓声にグラウンドが包まれる。どうやら試合が終わったようだ。

「優勝はオールソールズ寮だ！　優勝旗の用意を！」

途端、会場裏がより一層、騒がしくなる。裏方である役員の生徒たちが、バタバタと動き出して優勝旗を運んだり、グラウンドの中央に簡易舞台を作り始めた。

瑠衣も邪魔にならないよう部屋の隅に躰を寄せていると、急に呼ばれる。

「湖の乙女！　急いで、グラウンドの舞台に」

瑠衣は逸る鼓動を抑えながら、従者役の生徒と一緒にグラウンドへと出る。

「うわぁぁぁぁっ！」

グラウンドを埋め尽くすほどの生徒と歓声が瑠衣の頭上から降ってきた。

「湖の乙女、皆に軽く手を振って」

指示されるがまま手を振る。すると瑠衣を紹介するアナウンスがかかった。

「本年度の『湖の乙女』、マンスフィール寮、瑠衣・ソード・ブライアンです。どうぞ皆さん、拍手をもってお迎えください！」

「うおぉぉぉぉっ！」

拍手と共に、地響きのような喝采を浴びる。

「今年はセレーネの君の『湖の乙女』が見れて……ッ……生きててよかったぁっ！」

グラウンドの中央には一段高くなった舞台が作られており、そこにはすでにキングであるレックスが立っていた。彼の前には今回の優勝寮、オールソールズ寮の選手たちがずらりと並んでいる。

だが瑠衣は優勝した選手ではなく、神々しくも感じる絶対君主、レックスに釘づけになっていた。

いつもの通り、エドモンド校の制服でもある艶やかな黒の燕尾服に身を包んでいるレックスのジャケットの下には、白のファルスカラーのシャツとキングだけが許される模様が入った臙脂色のベストを身につけていた。

なんらいつもと変わらない様子であるはずなのに、目を離さずにはいられない。銀に近いプラチナブロンドが陽に透けて『アストラルの王』と言わしめるその姿に、皆が歓喜の声を上げていた。

レックス……。

瑠衣はこんな時にもかかわらず、レックスに一瞬見惚れてしまった。いくら普段、想いに気づかれないよう注意を払っていても、つい無防備に彼に気持ちを吸い寄せられてしまう。

「湖の乙女」

後ろから催促され、瑠衣はハッと我に返った。改めて気を引き締めて前へ進む。

瑠衣はできるだけ優雅に歩くよう努めた。アーサー王に神剣を渡した『湖の乙女』は妖精だ。美しい彼女を演じるには、淑（しと）やかで優雅でなければならないと、大会前に瑠衣は歩き方のレッスンも受けていた。

瑠衣が舞台に上がると、キングであるレックスがなぜか瑠衣のほうへ歩いてくる。そして瑠衣の手を取り、その手の甲に恭しく口づけをした。もちろんそんな演出はない。だが周囲の生徒らは大いに盛り上がった。

な……レックス、勝手に段取りを変えるな！

緊張しているのに余計なことをされて、瑠衣が動揺しているうちに、レックスが思うままに進行してしまう。

そのままレックスに手を引かれ、舞台の中央まで進む。これではまるで『湖の乙女』がキングの妃であるような扱いだった。

ちらりとレックスを見上げるが、彼はなんとも思っていないようで、グラウンドに一列に並んでいる選手らを見つめている。

「優勝、オールソールルズ寮の選手たちに、湖の乙女から栄光の剣が授けられます！」

進行係でもある司会者が声を上げげた。まだ瑠衣の動揺が落ち着いていないのに、イベントはおかまいなしに進んでいき、ポーカーフェイスを保つのが精いっぱいだ。

もう～、なるようになれっ！

心を無にし、流れに任せて『湖の乙女』の役を全うするしかない。瑠衣はそう覚悟して背後にいた従者から『栄光の剣』を受け取った。

そのタイミングを見て、オールソールズ寮のチームのキャプテンを務めていた選手が足早に舞台に上がってくる。そして瑠衣の前に立つとそのまま片膝をついて頭を垂れた。いよいよ瑠衣の出番だ。

瑠衣は深呼吸をして、剣を装飾が美しい鞘から抜き、跪いているキャプテンの左肩にその剣先を乗せた。そして舞台の下に並んでいる選手たちにも聞こえるくらいの大きな声を出す。

「騎士たちよ、我がエドモンド校の精神でもある、品位、情熱、結束、規律、そして尊重を守り、我々の胸打つ素晴らしい試合をありがとうございます。輝かしきオールソールズ寮に、祝福あれ！」

瑠衣の言葉が終わると同時に会場中から歓声が沸く。瑠衣は選手の肩から剣を外すと、そのまま剣を鞘に納め、両手でたおやかに剣を選手へ差し出した。選手が瑠衣から粛々と剣を受け取ると、会場中から再び歓声が響く。

「うぉぉぉぉぉぉぉっ！」

グラウンドの中央の舞台にいると、まるで歓呼の渦に巻き込まれているような錯覚に陥る。

「オールソールズ寮に栄光あれ！」

「栄光あれっ！」

割れんばかりの拍手が会場に起こる。改めてオールソールズ寮の選手たちが観客席に向かって手を振った。瑠衣も『湖の乙女』として手を振る。大歓声の中、瑠衣の名前を呼ぶ声も聞こえた。

「セレーネの君！」

「瑠衣様ぁ～っ」

声がかかるたびにそちらにも笑みを浮かべ、手を振る。ひとしきり手を振っていると、急にポップな音楽がかかる。いよいよ非公式裏イベントが始まったのだ。

「さあさあ、今年も始まる悲喜こもごも裏イベント！　エドモンド校生の諸君、用意はいいか！」

「いいぞおぉぉぉっ！」

表彰式の司会とは打って変わった口調の開始の知らせに、皆がのりのりで反応した。

「フィフティーン・ドミトリーズの表彰式の後は、バレンタインデー恒例の告白タ～イム！　権利があるのは優勝チーム、オールソールズ寮生のみ！　諸君、勇気あるオールソールズ寮生を生暖かく見守ろうではないか！」

「おぉぉぉっ！」

ここぞとばかりに結束の固いエドモンド校生の声がグラウンドを揺らす。本当に揺らすと言う言葉通り地面が揺れたように感じた。グラウンドの舞台袖にいた瑠衣の躰にもビンビンと響くほどだ。

「では、一番手に名乗りを上げる勇者は、オールソールズ寮生にはいないかっ！」

「ここにいるぞっ！」

一人の青年が手を挙げてアピールした。瑠衣はその声のほうに視線を向ける。っ！

思わず瑠衣は息を呑んでしまった。なぜなら手を挙げた青年は、一学年下の四学年生のジャック・マーベリン。瑠衣の結婚相手の候補だったのだ。

「開始早々、勇者が現れた！　さあ、舞台に上がって、告白したい相手の名前を叫んでくれ。ああ、もちろん名前を呼ばれた人は、問答無用でこの舞台に上がってくれよ。このイベントのルールだからな！」

「おおっ！」

皆、いい返事だ。だが瑠衣はなんとなく胸騒ぎがしていた。

まさかここで私にプロポーズをしたりしないだろうか……。

自意識過剰かもしれないが、こんな公衆の前で彼のプロポーズを受けるわけにはいかない。彼との婚約の話が出ている今、ここで彼のプロポーズを受けたら現実になってしまう可能性が高かった。

まさかと思うが、その『まさか』という思いが拭い切れない。

彼が舞台に上がってきた。瑠衣はそれを端で見つめていると、彼と視線が合う。嫌な予感が現実のものになりそうで、瑠衣は無意識に一歩退いた。

マーベリンがこちらに向かって歩いてくる。そして瑠衣の前で立ち止まると跪いた。

「っ……」

彼が真っ直ぐ瑠衣を見上げてくる。肝がヒヤっとした。彼が今から口にすることを耳に入れたくなくて、どこかに逃げたくなる。

「湖の乙女、瑠衣・ソード・ブライアン。以前からずっとあなたに恋焦がれておりました」

マーベリンの声に瑠衣の躰が竦む。

「どうか、私とつき合っていただけませんでしょうか？　そして願わくは、我が想いを叶え、婚――」

それ以上、言わないでくれ――。

瑠衣が耳を塞ごうとした時だった。背後から聞き慣れた声がかかる。

「待ちたまえ」

すぐに瑠衣とマーベリンの間に大きな躰が割り込んできた。そして瑠衣をその胸元に引き寄せる。

「キング……っ」

マーベリンが絞り出したような苦しげな声を出す。瑠衣をしっかりと胸に抱きとめたのはレックスだった。

「まだ返事もしていないことを、この場にかこつけて約束を取りつけようとでもいうのか？　それで瑠衣を追い詰めようとするのは感心しないな、マーベリン」

「レックス……」

安堵で躰から力が抜けそうになり、瑠衣はレックスに躰を預けてほっと息をついた。

「これはこれは、キングの待ったがかかった！　湖の乙女を二人の騎士、いや、騎士と王が取り合うことになったぞ！」

いくら場を盛り上げるためとはいえ、とんでもないことを口にする司会者を瑠衣は恨みたくなる。

『だが、ここで一つ問題がっ！　キング、本日はオールソールズ寮生のみが告白を許される日です。ここはお引き取り願います」

司会者が丁寧に退場を促すも、レックスは不敵に笑った。

「いや、過去にも、告白劇に異議がある他寮の生徒が口出しした例がある。私が引き下がる理由にはならないな」

瑠衣も知っている。確かに瑠衣が在籍中にも他寮の生徒が飛び入り参加したことはあった。それはそれで白熱し、告白された側がどちらを選ぶかでハラハラしたのだが、まさか自分がその当事者になるとは思ってもいなかった。

「これは参った！　キングの言う通りだ。もういい、こうなったらキング様の言う通りでいいな、皆の者！　私は権力に弱いからそういうことにするぞ！」

司会者の台詞に会場から笑いとブーイングの両方が起こる。

「おお、文句がある奴は、ここに来て、キングに直談判してくれ。私は嫌だ」

「それは無理！」

会場から突っ込まれるが、司会者は悪びれることなく口を開いた。

「悪いが私は平穏な学生生活を送りたいからな。キングを敵に回すのは御免こうむる！」

「キングと戦えっ」

「骨は拾ってやる！」

会場のあちこちからそんな声が聞こえてきて笑いを誘った。結局は皆、この場を楽しんでおり、なんでもありなのだ。

「さあ、マーベリン、覚悟したまえ。強敵が現れたぞ！」

「そんな……、キングはオールソールズ寮じゃないだろう」

マーベリンが不満顔でそう言うが、司会者はふんぞり返って答えた。

「それは今さっき、解決済み案件だ。潔く告白して散れ」

会場からどっと笑いが起こる。

「散るのが前提か～ぁ」

「さあ、どうする湖の乙女、どちらの手を取るのか！　はたまた二人とも振るのか！」

司会者の声に煽られ、会場からいろんな声が飛んだ。

「湖の乙女、キングを振ってしまえ！」

「そうだそうだ。顔も頭もいい奴など地獄へ落としてしまえ！　平凡顔に夢と愛をっ」

「周囲に反対されても、なお育む秘密の義兄弟愛、俺は味方だっ！」

「君が味方になっても、なんの強みもないぞ」

等々いろんな声が聞こえてくる。だがその一方で、他寮でもいいのなら自分も立候補するとばかりに、さらに何人もばらばらと観覧席からグラウンドに下りてきた。皆、ノリがよすぎる。

「湖の乙女、我らに夢と希望をっ！」

全員が瑠衣の目の前で跪き、手を差し出してきた。もうこれは収拾がつかない状況だ。だが外野は待っていました、とばかりにお祭り騒ぎになっていた。

「湖の乙女、どうする！」

会場の生徒たちの目が一斉に瑠衣に向けられているのを肌で感じた。ここまでになったら、もうレックスの力に頼るしかない。

「わ、我がキングの思し召しのままに……」

「えぇぇぇぇぇっ！」

会場中の生徒から瑠衣に突っ込みが入る。瑠衣は慌てて『湖の乙女』の設定を思い浮かべて言葉を考えた。いかなる時にもエドモンド校生としてエンターテインメントを貫き通さなければならない。

「……私は湖の妖精です。キングのお許しがなければ、誰ともおつき合いすることはできません。なので、ここでどなたかを選ぶなどということ……わっ」

話している途中で、いきなり横からレックスが抱き締め、話しかけてきた。

「湖の乙女よ、キングの思し召しのままということは、キングである私の告白を受け入れ、つき合ってくれるということだな？」

「え？」

何か曲解されている気がする。瑠衣はレックスがキングの名で、このカオスと化したプロポーズを白紙にしてくれることを望んだのだが、どうやら彼は違うふうに受け取ったようだった。

瑠衣が聞き返すも、レックスはすぐに正面を向いて、声高々に宣言した。

「我が想いを聞き遂げてくれた『湖の乙女』を皆で祝福を！」

ちょっと、待て、と口に出したが、瑠衣の声をかき消すかのように歓声が上がった。

「おおおおおっ！　おめでとう、キングっ！」

「お幸せにっ！」

「呪われてしまえぇぇぇぇ」

「まさかセレーネの君がっ！　うおぉぉぉぉぉっ」

皆が思いの丈を叫びながら大きな拍手を贈ってくれる。これではさすがに瑠衣も『違う』とは言えない。

だが、プロポーズの返答に困っていたのも確かだった。きっとレックスも窮地に陥っていた瑠衣を助けるために、上手い具合に瑠衣の言葉を利用してくれたのかもしれない。

「瑠衣」

レックスに呼ばれて顔を向けると、彼の顔が至近距離にあって驚いた。

「は……ひゃっ」

これもまたいきなりレックスから頬にキスをされる。

「ぐはああああぁぁぁぁぁっ！」

途端、会場から言葉にならないような悲鳴とも歓声ともとれる雄叫び(おたけ)が聞こえた。まさに今日一番の大歓声である。

降りしきる怒濤(どとう)の男の野太い声の中、レックスからのキスにどうしようかと瑠衣が心の中であたふたしていると、司会者が救いの手を差し伸べてくれた。

「キング、さすがに節度ある態度をお願いします。もてない男の心臓がいくつあっても足りません」

その声にレックスも苦笑しながら瑠衣の頬から唇を離した。

「ああ、すまないな。つい、我を忘れて。我が湖の乙女が他の男に取られるのだけは、我慢ができなかったんだ」

ちらりとレックスの視線が瑠衣の背後に向けられる。そこには、本来なら正しく告白の権利があるマーベリンと飛び入りで瑠衣への告白に参加した数名の生徒らが立っていた。

レックスの睨みに彼らが竦み上がるのが瑠衣の視界の端に入る。

「いやもう本当に、これ、誰が主役か忘れそうになりましたよ。いいですか、これ、オールソールズ寮生のためのイベントですからっ！」

「その通りだ！」

会場からも声が上がる。レックスも観客席に向けて手を上げて皆に謝罪した。

「瑠衣も突然、すまないな」

レックスが小声で話しかけてくる。だが瑠衣は鼓動が騒がしくて、彼にきちんと対応できなかった。するとと彼が軽く舌打ちをして瑠衣の頭を自分の胸に押し当てる。

「そんな顔を他の男に見せるな」

「え……」

どんな顔をしていたというんだ……？

自分の表情が今、ここで見えないのが不安だ。恋するような瞳をレックスに向けていたりしたら、この恋心を彼に見破られてしまう。

ドキドキしていると、彼の愛用のコロンの香りが瑠衣の鼻を掠めた。悔しいが、それだけで心が落ち着き、このまま彼にしがみついてしまいたくなる。そんな瑠衣の耳に司会者の声が届いた。

「さあ、気持ちを切り替えて、告白タイムを続行するぞ。ではでは、次の勇者はいるかっ！」

司会者が拳を空に突き上げて叫ぶと、呼応してオールソールズ寮生の選手が叫んだ。

「私が勇者だ！」

「おぉぉぉっ！」

生徒らの意識から瑠衣が消え、次の告白タイムに興味が移るのを感じて、瑠衣はレックスの胸に改めて頭を預けたのだった。

＊＊＊

レックスはキングの間に戻ると、怒りに任せて荒々しく椅子に座った。

イベントも無事に終わり、本来なら一息つくところだが、裏イベントでマーベリンが強硬手段に出たことに、レックスは自分の見通しの甘さを思い知らされた。マーベリンだけでなく自分にも苛立ちを隠せない。

「レックス、落ち着いたらどうだ？　君らしくない」

カーミディが呆れたように制止してくるが、なかなか冷静にはなれなかった。

「マーベリンめ、こちらが想定していたよりも早く瑠衣にアプローチを仕掛けてくるとは、抜け目のない奴だな」

まだマーベリンとの結婚の話はほとんど進んでいないはずだ。それなのに裏イベントにかこつけて堂々と接してくるとは、かなり図々しい男である。

「マーベリンは早く瑠衣との仲を公にしたかったのかもな。確かに予想しているより動きが早かった。さすがはオールソールズ寮の次期寮長と言われるだけはあるな」

マーベリンを褒めるカーミディを一睨みするが、カーミディは苦笑して話を続けた。

「だがシーラスのほうは、まあまあ上手く排除できたじゃないか。彼は昨日付けで家の事情ということで退学したぞ」

楽しそうにカーミディが告げる。実はシーラスはレックスが仕組んで退学に追い込んだのだ。家の事情としたのは、別にシーラスのことを慮(おもんぱか)っての理由ではない。瑠衣が襲われたことを隠すためにしただけだった。

以前、喫煙でハウスマスターに注意されたシーラスが、懲罰室に行かずに済んだのは、生徒の懲罰にはキングが口出しできるという規則を、レックスが利用したためだ。

一見、シーラスに温情を与えたかのように見えるが、シーラスを懲罰室に入れてしまったら、その間は罠が仕掛けられないので、わざと釈放、フリーにしただけだ。

彼は今までにも多くの規則を破り、実際、喫煙だけでなく、飲酒、そして乱交パーティーなど多くの悪習に手を染めていた。

さらに瑠衣に対して、以前から同じ『伯爵家』という爵位の子息であるのに、副寮長になり、人望も厚いからと勝手に嫉妬し、瑠衣になんらかの罪を被(かぶ)せて失脚させようとしていたのも調べがついている。

そして最近になって、シーラスは自分が『湖の乙女』になれなかったのを瑠衣のせいだと逆恨みしているとの情報もあったため、大事になる前に懲罰室行きどころか、シーラスを現行犯で暴き、学校から追い出したかったのだ。

そこでレックスはシーラスの身を案じているように見せかけ、彼の処遇といかに更生できるかを相談したいと父親を呼び出した上に、校長にも同席してもらって数日にわたり相談していたのだ。

しかもその数日というタイミングも偶然ではない。

シーラスが恒例の乱交パーティーを企画しているという情報を仕入れ、わざわざその期間に合わせてレックスは校長らと、彼の処遇について知らぬ顔で話し合いをしていた。

シーラスが動き出せば、レックスに連絡が来るように取り計らい、そしてその場にレックスと『偶然』一緒にいた校長と彼の父親を引き連れて現場を押さえれば、もはや彼の逃げ場はない。

そう仕組んだ上で、校長らと話し合いをしている数日の間に、シーラスが予定通りに動いてくれたのだ。

ただ一つ誤算があったのは、その乱交パーティーに瑠衣が連れ去られてしまったことだった。

あらかじめマンスフィールド寮の寮長であり、瑠衣の親友のウィルソンに、瑠衣の身辺を固めるように頼んでおいたのだが、その隙を突かれた形である。

だがウィルソンに手配させた瑠衣のファグのグリースをはじめとする瑠衣を見守ってくれていた下級生たちが、機転を利かせてシーラスの仲間の動きもチェックしていたのが功を奏した。彼らの動きを追い、瑠衣が拉致されるのを目撃できたため、短時間で探し出せたのだ。彼らには感謝のしようがない。

「これであの父親も息子を甘やかすのをやめて、きちんとシーラスをモラルある紳士として教育できるようになればいいが……」

社会に出てまたどこかでシーラスに会う機会があるかもしれないが、その時、どんな人間になっているかは、父親と彼次第だろう。

「とりあえず瑠衣にこれ以上被害が及ばないことを祈るばかりだったのに、今度はマーベリンか……。あの男が瑠衣に近づくのも許せないのに、プロポーズなどと……退学に等しい愚行だ」

横暴なことを口にするレックスに、カーミディは苦笑した。

「マーベリンは君の義兄殿のつがい候補だったな」

「勝手に母が進めているだけだ」

「まあ、君の見解は置いておいて、あの場でどさくさに紛れて告白したマーベリンに対して、そんなに怒りを露わにするのなら、どうして君はもっと早くに義兄殿に自分の気持ちを伝えて、はっきりさせなかったんだ？　君が理由をつけてずるずると引き摺ったままでいたのも悪いと思うが？」

意味ありげにカーミディに見つめられ、レックスも視線を彼に向けた。自分が悪いと言われるのは納得がいかなかったからだ。

大体、気持ちをずるずる引き摺っていたのではない。瑠衣のことを一番に考えて、彼に相応しいつがいを探していて、まだ探し切れていないだけだ。

「……言っただろう？　瑠衣には相応しいつがいを見つけると」

「まだそんなことを言っているのか？」

「まだ、じゃない。これからもずっと言う」

「じゃあ、その怒りはなんだ」

カーミディの率直な質問に、レックスは言葉を一瞬失った。それをいいことにカーミディが追い詰めてくる。

「マーベリンはイギリスでも屈指の大富豪だ。君の義兄殿の嫁ぎ先としては申し分ないはずだろう？　怒る理由がない」

「――――マーベリンは瑠衣に相応しくない」

「どこがだ？」

「前にも言っただろう？　マーベリンは貴族ではない。それに瑠衣が他家に嫁ぐこと自体、私は認めていない。瑠衣はブライアン伯爵家の嫡男で、未来のブライアン伯爵だ」

そうだ。瑠衣を外に出そうとするような婚姻は絶対認めない――。

レックスは改めて自分に言い聞かせた。

「なら、義兄殿が家を継ぎ、そして彼を支えるつがいなら認めるのか？」

「無条件には認めないがな。私の目に適った者だけだ。瑠衣がオメガであるのをいいことに、ブライアン伯爵家を乗っ取ろうとする輩もいるからな」

「君のお眼鏡に適う人間は、永遠に出てこないことに、昼のランチコース一週間分を賭けるよ」

カーミディの言葉にレックスが鋭い双眸を向けると、彼は冗談めいた言葉と裏腹に酷く心配そうな表情をこちらに向けていた。

レックスはどうしようもない苛立ちに堪らなくなり、片手で乱暴に前髪をかき上げる。

瑠衣が自分ではない誰かと結婚することは、すでに随分前に覚悟をしていた。ただ――、ただ、できれば瑠衣の相手は女性であってほしかった。男は自分一人だけであってほしいと願っていた。

そう――。独占欲だ。レックスがただ一人に対してだけに抱く、仄昏く、そして脳が痺れるほど甘い渇望だ。

愛している。

簡単に瑠衣に言えることができたら、どんなにいいだろう。

だが瑠衣がオメガに覚醒した今、後ろ盾になるほどの権力や地位を持ったアルファがつがいになることが望ましかった。レックスではそれを瑠衣に与えることができない。

だがそれは、今は、できない――という意味であるが。いや、やろうと思えばできる。ただ大学に入ってからでもいいと先延ばしをしていただけであった。

レックスは髪をかき上げたまま固まる。すると動かないレックスに不安を覚えたのか、カーミディが声をかけてきた。

「レックス、君らしくないぞ」

「私らしくない？　そうだな。そうかもしれないな」

こんなに消極的で臆病な自分など、本当にらしくない。どうしても瑠衣のことになると、慎重で弱気になった。こんな弱い心が自分の中にあることを知ったのも瑠衣という存在のせいだ。

彼と出会わなければ、何も知らずに済んだかもしれない。だが彼と出会わなければ、レックスの人生は灰色に沈んでいただろう。

「カーミディ、君は足が竦んで挑戦さえできないような事態に陥ったことはあるか？」

その質問にカーミディはしばし考えて、口を開いた。

「……ないな。ないからこそ、私は弱い人間であるとも思う。真の強者というのは、怖さを知ってなお、その対象に挑める者のことを言うのだろう」

足が竦む。瑠衣とのこの心地よい関係を壊すのが怖かった。レックスが一歩、距離を縮めれば、瑠衣とは今でさえ微妙なバランスで保っている関係だというのに、修復できない亀裂が入ってしまう気がしてならない。だが今、瑠衣を手に入れなければ、二度とチャンスが来ないのもわかっていた。

レックスが黙っていると、カーミディがさらに続けた。

「レックス、私たちは学生だ。まだいくらでも失敗はできる。そして何度でもやり直せる。恐れるものなど何もない。信じる道が無謀だとしても前へ進めるのは、私たちの特権だ」

「確かに君の言う通りだ」

レックスは行儀悪く座っていたのを改めて姿勢を正し、品のあるキングに戻る。

「私もそろそろ覚悟をしたほうがいいのかもしれない。恋にすべてを支配されてしまう愚かな男の一人として」

「レックス?」

「認めよう。私は義兄を、瑠衣を誰にも渡したくない。私が瑠衣を幸せにする以外、満足できないということを――認めなければならないな」

胸にずしりとした重みが生まれたかと思うと、それは次第にレックスの体内へと吸い込まれ、己の一部となっていった。覚悟というものをリアルに感じた瞬間だ。

目の前に立っていたカーミディが書斎机に行儀悪く腰かけた。

「今だから言うが、君の義兄殿も君のことが好きなんじゃないか?」

カーミディの声にレックスは視線を上げる。

「……かもしれない。聞いて確かめたことはないが、瑠衣の性格を考えて、もしかしたら……と思うことは何度かあったからな。だがそれさえも否定する弱い私がいる。瑠衣のことだけは百パーセント確かでないと動けないんだよ。いかに私が情けない男か、わかるだろう?」

その声にカーミディは首を横に振った。

「君たちに足りないのは覚悟と信頼かもしれないな――」

レックスはカーミディに鋭く言い当てられて苦笑する。そしてあることを決意して、口を開いた。

「カーミディ、実は話があるんだが……」

◆ V ◆

夜十一時――。

『湖の乙女』をやりきった瑠衣にとって、大変だった二月十四日が無事に過ぎようとしている。

決勝戦が終わり、そして裏イベントも盛況のうちに終了して、各寮では夕食も兼ねたささやかな慰労会や祝賀会が行われた。その後、自習の時間となり、寮生らは学習室や部屋で予習や復習をし、そのまま三学年生までは十時の消灯に間に合うよう就寝した。

十時が過ぎても起きていることが許されるのは、四学年生と五学年生だけだ。

瑠衣が自分の部屋で明日の予習をしていると、コツンと窓に何かが当たった。

「あ……」

もしかしてレックスが来たのだろうか。急いで窓辺へと行くと、ちらつく雪の中、彼が立っているのが見えた。

「レックス」

瑠衣がすぐに窓を開けると、冬の冷たい夜気がどっと部屋へと流れ込んでくる。

「ハッピー・バレンタインズ・デイ！」

レックスがそう言って、ひょいと窓を飛び越えて部屋へと入ってきた。冷たかったはずの夜気がふわりと暖かくなる。

「驚かせるなよ、レックス。今夜は来るとは思ってもいなかったよ。大体、ここ最近ずっとフィフティーン・ドミトリーズの裏方で忙しくて寝る時間も削っていたんだろう？　やっと終わったんだ。ここに来るより躰を休めることを優先しないと」

「義兄さんの顔を見るだけで心身共に休まるからいい」

レックスがぎゅっと瑠衣を抱き締めてきた。昼間の観衆の前で、たとえあの場を収めるための演技からの告白であっても、それを受け入れたことを急に思い出し、瑠衣の心臓が不用意に鼓動を激しくする。

あれは演技だ。演技だから……。

自分に言い聞かせ、心を落ち着かせようとしたが鼓動はなかなか治まらなかった。

「……レックス、帰るんだったら早く帰らないといけないし、ここに泊まるんだったら、コートを脱いでハンガーにかけないと、明日の朝、君のファグが苦労するよ」

瑠衣は自分の鼓動がレックスに聞こえないように祈りながら、平静を装って義兄らしく振る舞う。

「かまわない。コートの皺を綺麗にアイロンがけできるように、ファグの技量が上がるだけさ」

「こら」

いい加減なことを言うレックスの頭を軽く小突いてやると、彼が嬉しそうに笑った。瑠衣もその笑顔を見て嬉しくなるが、少し切なくもなる。

このまま時間が止まってくれたらいい。大人になんてならなくて、ずっとこの学校の生徒でいられたら、どんなにいいか……。

叶わない夢を見たくなる。

瑠衣が笑みを零すレックスを見つめていると、彼がふと瑠衣の手を摑み上げた。

「瑠衣」

呼び方も『義兄さん』から『瑠衣』に変わると、途端に甘やかな空気が流れる。瑠衣もまたその響きに胸を焦がした。

「瑠衣、今日のイベント、私のプロポーズを受け入れてくれたのは本気と受け取ってもいいだろうか？」

「え？」

今日の騒動で、強引に湖の乙女がキングを選んだような状況に仕立て上げていたレックスだが、あれはその場限りの話ではなかったのだろうか。

もしかしてレックスも私のことが好きだというのか――？

瑠衣が改めて彼の顔を見つめると、彼の真剣な緑の瞳が見つめ返してくる。刹那、瑠衣の鼓動が爆ぜた。好きという思いが胸から弾け出てくるようだ。

瑠衣は自分の想いが外へと飛び出さないよう、ぐっと堪えた。自分は義理とはいえ兄で、弟の暴走を抑えるのは兄の役目だ。

「きゅ、急に何を言うんだ。あれは収拾がつかなくて困っていた私を、君が助けてくれたという認識でいるが？」

レックスの眉間にわずかに皺が寄る。彼の心が傷ついたのを間近に目にして、瑠衣の心も傷ついた。

だが、この想いを受け入れるわけにはいかない。マーベリンと将来結婚する可能性が高い瑠衣にとって、レックスが真剣であればあるほど、その想いを受け入れてはいけなかった。

「瑠衣、私はもう自分の心を偽りで隠すのをやめようと思う。私は瑠衣のことを子供の頃からずっと愛している。義兄としてだけではなく、一人の人間としても、会った時からずっと……」

「っ……」

息が止まりそうだった。そんなことを言われるとは思ってもいなかった。いや、過去に何度かはもしかしてと思ったこともあった。それでも瑠衣は、彼が自分のことを好きなはずはないとずっと否定していた。

それはレックスがブライアン伯爵家から自由になりたいと思っているのを知っていたからだ。そのために彼は早くから起業し、家から独立するだけの資金を貯めていた。

そんな彼がブライアン伯爵家の次期当主の瑠衣とわざわざ恋仲になりたいと思うわけがない。そう思っていたのだ。

それにオメガに覚醒した瑠衣には、もうレックスを守ってやれる力はなかった。アルファで当主になっていれば、まだレックスの自由を保証できただろうに。だがそれでも恋人という関係にはなり得なかった。瑠衣は家のために嫁がないといけないからだ。どこまでいっても二人の関係は『義兄』と『義弟』でしかない。

「瑠衣、君のことを愛している。どうかマーベリンと結婚しないでくれ」

やはり結婚のことも知っていたのだ。だから裏イベントでマーベリンの告白を阻止したに違いない。

「――――駄目だ。私はマーベリンと結婚を前提としてつき合おうと思っている」

先ほどの裏イベントでは、まだしっかりと意志を固めていなかったが、皮肉なことにレックスからの告白で、ようやく自分の気持ちを決めることができた。

もしレックスと想いが通じ合い、恋人同士になっても、それはすでに終わりが見えている夢でしかない。

「な……あいつのことが好きなのか?」

「好きとかそういうのではない。貴族の一員として家のために結婚しなければならないことを理解しているだけだ」

今まで伯爵家の子息としてさまざまな恩恵を受けてきた。使用人の態度一つがそうだ。だからこそその分、伯爵家に対して責務もある。逃げることは許されなかった。

レックスとは別れなければならない。

彼と不倫をするつもりはない瑠衣は、遅かれ早かれ彼との関係を断つことになる。それなら最初からつき合わないほうがいい。今まで通り、どんなに心が苦しくても、彼とは持て余した熱を分かち合うだけの仲でいい。

仲でいいのに――――。

今、レックスから告白されて、瑠衣は自分の気持ちが大きく揺れているのを感じずにはいられなかった。

愛という感情が、こんなにもコントロールしにくいものだったなんて――――。

心が震える。歓喜だろうか。それとも哀情だろうか。いや両方だ。

「今日という日は、本当に思い知った。今まで瑠衣のことを一番に考えて、いいつがいに巡り合えるよう祈っていた。だが、瑠衣に相応しくない男が横から出てきてかっ攫う日が、いつか本当に来ると思うと、もう綺麗事を優先させる余裕など吹っ飛んだ……」

「レックス……」

瑠衣が名前を呼ぶと、彼が瑠衣の手をきつく握ってきた。絶対に放さないという意志が感じられる力だ。

「瑠衣、私を選んでくれ。そして私を愛してくれ」

彼が必死に言い募った。瑠衣は心が引き千切られそうな痛みを感じながら、きつく彼に言い聞かせる。

「駄目だ、レックス。私たちは義兄弟だ。それに私はヘイゼルに次期当主の座を譲ろうと思っている。だから、いずれマーベリン家か、または違う家へ婿入りするつもりだ」

「……母だな。そこまで話が進んでいるのか」

彼の纏う空気が一瞬冷たくなる。だがレックスのキングの一面も見てきている瑠衣にとっては、さほど驚くことではなかった。これも彼だ。

「お義母さんのせいではない。確かに話を持ってきたのは彼女だが、彼女の言い分も一理あるし、私も以前から思っていたことだった。ヘイゼルには悪いが、彼に次期当主の責を背負わせようと思う」

「母がどんな酷いことを瑠衣に言ったんだ？」

レックスの問いに瑠衣は首を横に振った。

「酷くないよ。ブライアン伯爵家の未来について真剣に考えた結果だ」

「うちの事業の一つが上手くいっていないから、マーベリンの援助が必要ということだろう？」

「さすがレックスだ。そういうことだよ。だけど、私もしたたかなところがある。今回のことだけでなく、これからもブライアン伯爵家が金銭的に窮地に陥った時も、マーベリン家に資金を援助してもらおうと思っている。そのための婿入りだ。オメガであることを利用させてもらう」

オメガは当主になるには不利だが、その一方で、多くの貴族や資産家には婿や嫁として喉から手が出るほど欲しがられるバースでもあった。

オメガが産む子供のアルファ覚醒率が異様に高いからだ。名家になればなるほど嫡男がアルファであることに拘る。そのためつがいにオメガを探す家が多く、オメガは希少価値の高いバースとして人気であった。

「瑠衣にそんなことをさせるものか」

「レックス、君はブライアン伯爵家に縛られていい人間じゃない。自由に大きく羽ばたく人間だ」

「君になら縛られたいと願っていても、か？」

「それは……っ……」

奪うような激しいキスが襲いかかった。

「んっ……」

ひとしきり唇を重ねると、彼が瑠衣から離れる。すぐ間近で見上げる彼のエメラルドグリーンの瞳が傷ついた色に染まっていた。

っ――！

自分の存在がレックスを悲しませるものになったことに、瑠衣は泣きたくなった。

こんなはずではなかったのに――。

「すまない、瑠衣。そんな顔をしないで。君を困らせているのは私なんだ。君が罪悪感を持たなくてもいい」

「レックス……」

どうしてこんなことになったんだろう。お互い愛し合っていることがわかって、嬉しいはずなのに、実際はこんなに悲しいなんて――。

愛しているのに――。

瑠衣は心から叫びたかった。だが最後の最後で理性が思い留まらせる。

私はきっとレックスに薄情で弱くて卑怯な男だと思われるかもしれない……。

瑠衣は溢れそうになる涙をぐっと堪えた。レックスはそんな瑠衣の頬を大切な宝物に触れるかのように、そっと指の腹で撫でる。その指に瑠衣は己の頬を預けて目を閉じた。

「瑠衣……」

彼が弱々しい声で囁いて瑠衣に再びキスをする。瑠衣の頬に触れた彼の髪は、雪のせいか、しっとりと濡れて冷たかった。

「寒い、瑠衣。温めて……」

レックスが瑠衣に気を遣わせないために、寒さを理由にして触れてくるのがわかって、胸が締めつけられる。

愛が理由で触れ合えないのなら、それ以外の理由で触れ合うしかない。

瑠衣は黙ってレックスの背中に手を回し、その体温を共有したのだった。

目が覚めると、夜明けが近いのか部屋が薄明るかった。背中に感じていた体温はすでになく、レックスが自分の寮に戻ったことを知る。

昨夜はいつもより激しく抱かれたが、それでも最後は瑠衣の躰を清めてくれて、そのまま二人で並んで寝た。二人で手を繋いで並んで寝るなど、いつぶりだろう。

子供の頃のことを思い出し、改めてレックスと二人で過ごしてきた時間のすべてが愛おしく思えた。瑠衣は涙が零れ落ちそうになり、慌てて手の甲で擦って、時間を確かめようと目覚まし時計に手を伸ばす。

「え……」

何か手に当たり、躰を起こす。するとようやく自分が赤い薔薇の花びらに埋め尽くされていたことに気づいた。

「こ、これ……」

薄暗い中でも、ベッド、そしてその周囲が赤い薔薇の花びらで敷き詰められているのがわかる。さらに机の上には大きな薔薇の花束も置かれていた。

「え、これは一体……」

瑠衣はベッドからするりと立ち上がり、机の上に置いてある花束を手にする。するとそこにはメッセージカードが差し込まれていた。

『愛している。君は――――？　R』

「レックス……」

バレンタインに赤い薔薇を贈るのは、恋人たちの習慣だ。レックスは昨日、この赤い薔薇を用意していたのだろう。

「私も……私も君を愛している、レックス……だけど……」

瑠衣は花束を抱え、呟いた。その小さな声は誰にも聞かれることなく、早朝の空気に紛れて消えていった。

◆ Ⅵ ◆

二月も終盤になり、フィフティーン・ドミトリーズの騒ぎも収まりかけると、いよいよ四旬節が始まる。

四旬節とは、キリスト教でいう断食期間のことで、始まる期間はイースターの前夜から逆算して、喜びの日の日曜日を抜いた四十日前の『灰の水曜日』とされていた。

食事を含め、多くの欲の節制、祝い事の自粛、そして慈善活動が推奨される期間で、エドモンド校生も休日に校外ボランティア活動に参加した。

そして四旬節の前日を『告解の火曜日』と言い、昔は贅沢品でなかなか手に入らなかった肉や卵やバターなどを使い切らなければならないとされていた。そのためこの日は、今でも豪華な料理とパンケーキを食べる風習がイギリスには根強く残っている。

その一つが今でもイギリス各地で開催されているお祭り、パンケーキ・レースだ。いよいよ明後日開催される。

このエドモンド校でも毎年、寮を挙げてのパンケーキ・レースが行われていた。

各寮から学年別に五チームが作られ、総勢七十五チームで得点を競うレースだ。聞くと簡単な競技だと思われがちだが、なかなかハードである。主役のパンケーキは前日から、それぞれの寮の調理スタッフが大量に焼き上げ、用意された。

余ったパンケーキは競技後に、教師やスタッフを含めて全員で食べるので、これはこれで生徒には楽しみなイベントになっている。

そしてレースの後に大聖堂へ行って、皆が告解をして四旬節に備えるまでが、一連の流れであった。

パンケーキ・レースの選手に選ばれた生徒は、授業が終わった後、フライパンにパンケーキの代わりに雑巾を乗せて、いかに落とさず、綺麗に雑巾をフライパンの上でくるりと回転させ飛ばすことができるか、いろいろと研究している。

瑠衣は選手に選ばれなかったこともあり、フィフティーン・ドミトリーズの時とは違って、比較的ゆっくりと過ごすことができていた。だがその一方で、マーベリン家との結婚話が頭から離れなかった。

断りたい――――。

だがもし断ったら、ブライアン伯爵家に投資してくれる話も消えるだろう。それに瑠衣が結婚話を断ることによって、レックスに勘違いさせてしまう可能性が高かった。

瑠衣がマーベリン家の結婚話を断ったとしても、レックスの手を取ることはできない。

二人ともブライアン伯爵家のためになる結婚相手を見つけなければならないからだ。

レックスがどこまで貴族の子息の使命を理解しているかわからないが、今の状況を考えても、瑠衣がマーベリン家の結婚話を断ることで、レックスは瑠衣が自分を選んだと勘違いする気がした。

そうならないためにも、断らないほうがいいのかもしれない……。

気もそぞろで授業を終え、ノアやファグらと寮へ戻ろうとしていると、瑠衣を呼ぶ声に足を止められる。

「少しお時間いただけませんでしょうか？」

「……マーベリン」

そこには瑠衣と同じく授業を終えたマーベリンがいた。いきなり彼が訪ねてくるとは想定外で、瑠衣は突然のことに驚きつつも、一度は彼と話をしなければならないとも思っていたので、しばらく思案して了承することにした。

「瑠衣」

ノアが心配そうに声をかけてきたが、あまりマーベリンとの会話を彼に聞かせたくなかった。

「ノア、先にファグたちと寮へ戻っていてくれないか。マーベリンと少しだけ話をするから」

「ああ、いいが……」

「じゃあ、お願いな」

ノアは何か言いたげだったが、何を聞かれても答えづらかったのでそれを無視し、瑠衣はマーベリンに声をかけた。

「接点があまりない君と二人でいるところを見られると、何を言われるかわからない。まずは人目のないところへ行かないか？」

すでに多くの生徒が瑠衣とマーベリンの様子を横目で見つつ通り過ぎているので、今更かもしれないが、瑠衣は彼に提案した。だが、いきなりノアが割って入った。

「それは駄目だ」

「え？」

瑠衣がノアに目を遣ると、彼がさらに言葉を続ける。

「そこの教室で話をすればいい。二人だけで話がしたいなら、誰も入ってこないように私が教室のドアの前で見張っている」

「ノア、君、一体……」

瑠衣が慌ててノアを止めようとするが、ノアは譲らないとばかりに首を振った。

「マーベリン、君はフィフティーン・ドミトリーズでブライアンにプロポーズをして玉砕した。そんな君がブライアンに声をかけたとなると、嫌でも衆目に晒される。言動を慎みたまえ」

確かにノアの言う通りだ。噂好きのエドモンド校生だ。瑠衣とマーベリンが密会していたとか、いろんな妄想を引っつけて噂をするに違いない。瑠衣も考えが足りなかったことを反省した。するとそんな瑠衣の気持ちを悟ったのか、マーベリンがノアの意見を受け入れた。

「わかりました。ではブライアンさん、そこの教室で、少しお話をさせてください」

「わかった。じゃあ、ノア、悪いがここで待っていてくれるか」

「ああ、早めに終わらせてくれ」

ノアはマーベリンに聞こえるようにこれ見よがしにそう言った。瑠衣は苦笑しつつマーベリンの後を追って無人の教室へと入り、中の声が外に漏れないようにドアを閉める。するとすぐにマーベリンが申し訳なさそうな表情で瑠衣を見つめてきた。

瑠衣より身長は高く、大人びた印象が強い青年だが、こういう表情を見せられると、彼が一歳年下であることを思い出す。

「お時間がないところ、呼び止めてすみません」

「いや、いいよ。それで何か私に用か?」

「あの……もう一度私にチャンスをいただきたいと思って……その、私とデートしませんか?」

「え？　デート!?」

思わぬ提案に素っ頓狂な声が出てしまう。

「ブライアンさんは『マリーローズ』のクッキーがお好きと聞いたのですが、合っていますか？」

「……あ、ああ」

レックスが時々買ってきてくれるクッキーだ。

「先月からそこに喫茶室ができたのを、ご存じですか？」

「噂は聞いているが……」

聞いてはいるが、イベントで忙しくて行く時間がなかったので、時間ができたらノアたちと行こうと思っていたところだった。

「もしよろしければ一緒に行っていただけないでしょうか」

「申し訳ないが、ここの学生に出会いそうなところへ、君と二人で出掛けることは難しい。君もそう思わないか？」

意味ありげに二人で出掛けることは一番避けたい。

「それは他の場所だったら、一緒に出掛けてもいいということですか？」

返事ができなかった。確かに彼という人物をしっかり見て結婚を考えたいと思っていたが、いざこうやって話が進もうとすると、抵抗を覚えてしまう。結婚話を断らないほうがいいと思ったばかりなのに、正常な判断よりもレックスへの未練が上回り、瑠衣を留まらせた。

レックスから告白を受ける前だったら、マーベリンの誘いに乗ったかもしれない。

「ブライアンさん、私にチャンスをいただけませんか。私という人間をじっくり見てほしいのです」

マーベリンが急に真剣なまなざしをこちらに向けてきた。瑠衣の胸が苦しくなる。

「……なぜそこまで私に執着するんだ？　確かにオメガは珍しいバースだが、このエドモンド校に限っては、オメガの生徒は多く在籍している」

エドモンド校はオメガに覚醒しても転校を促さないのと、他のパブリックスクールでオメガに覚醒した成績優秀者の転校も受け入れているので、他のスクールよりも多くのオメガの生徒が在籍していた。

「私はずっと『セレーネの君』、あなたに憧れていたからです」

義母もそのようなことを言っていたのを思い出す。

「そんなに憧れてくれるほど、君と私に接点があっただろうか？」

「確かに不思議に思いますよね。私とは寮も違いますし、学年も……私も四学年生からシックスフォームに上がりましたが、ブライアンさんとは滅多に一緒のクラスになれなかったので、ブライアンさんが私のことをあまり認識されていなかったのはわかっています」

エドモンド校は学年とは別に、授業は能力制だ。イギリスの教育制度で最上級のクラスをシックスフォームと言い、このクラスでは大学受験に必要な一般教育修了上級レベル、Aレベル認定の取得準備をすることになっている。

エドモンド校生は優秀な生徒が集まっていることもあり、難関のシックスフォームを取得する生徒が多かった。そのため最上級クラスも複数に分かれており、同じシックスフォームの生徒でも、授業で顔を合わせないということもある。

「ですが、入学した時に、あなたの姿を見かける機会があって、それからあの人は誰だろうと気にかけ、そしてあなたのことを知ってからもずっと憧れていました。だからこの結婚話が持ち上がった時、これは『運命』かもしれないと思ったのです」

なんとも押しの強い青年だった。だが、いつか知らない誰かと結婚するのなら、ある程度知っている人間のほうがいいのかもしれないという気持ちが瑠衣の中でふと湧き起こる。

いつまでも瑠衣が燻(くすぶ)っていると、レックスにも影響してくるのはわかりきったことだった。瑠衣がはっきりと結婚を決めれば、レックスも瑠衣を諦め、前へと目を向けられるかもしれない。

最初は辛いかもしれない。それにレックスを酷く傷つけるだろう。だが、レックスの将来のためになるなら――――。

瑠衣はまず一歩、マーベリンに歩み寄ってみようと決めた。

「なら……」

「君たち、ここで何をしている」

突然教室のドアが開いたかと思うと、そこにはレックスが立っていた。酷く急いで来たようで、息が少し荒い。ノアが急いでレックスに連絡をしたのだろうか。

レックスはすぐに近寄ってきて、マーベリンの前に立った。

「マーベリン、君は先日のイベントでブライアンに選ばれなかったんだ。こうやって無理に会うという行為はどうかと思うが？」

「キングこそ、少し横暴ではありませんか？」

マーベリンがエドモンド校の絶対王者に反論した。キングに楯突くのはご法度とされているので、彼の言動は驚きでしかない。

「ほう……。瑠衣が私の恋人だとわかって横恋慕している君の、どの口がそんな愚鈍なことを言うのか？」

恋人――――！

公言されて瑠衣は慌ててレックスを止めようとしたが、彼のあまりにも冷たい双眸を目の当たりにし、瑠衣でさえも声がかけられなかった。だがマーベリンはそんなレックスでも恐れず言い返す。

「……本当にキングとブライアンさんは恋人同士なんですか？　私を敬遠するために、そう言っているだけではないんですか？」

「どうして私たちが君に対して、わざわざそんなことをしないといけないんだ？　君がまだ瑠衣を諦めきれないことは察してやろう。だがそれは君が自分自身で解決しなければならない問題だろう？　瑠衣を巻き込まないでくれたまえ」

「っ……」

マーベリンは唇を噛んで俯いてしまった。

「寮に戻りなさい。今回のことは君の寮の寮長には言わないでおく。だが次回、同じようなことがあったら伝えるからな」

それは次期寮長を目指しているマーベリンにとっては、かなり有効的な脅しだ。案の定、マーベリンも一瞬悔しそうな表情をして小さな声で「わかりました」と告げる。そして瑠衣に視線を移し、軽く会釈すると、そのまま教室から出ていってしまった。

教室に残ったのは瑠衣とレックスだけだ。相変わらずドアの外にはノアがいるようで、まだ誰も教室には入ってこられない状態だった。

「瑠衣」

レックスの怒気を孕んだ視線が瑠衣を捉える。

「どうしてあの男と二人きりになるようなことを？　あの男が君に懸想していることは知っているだろう？」

「……彼の話を聞いてみてもいいかと思ったんだ」

正直に自分の想いを口にした。

「瑠衣は私のことを愛しているか？」

「え？」

いきなりの質問に瑠衣はレックスの瞳を見つめ返した。その瞳にはいつの間にか寂しげな色が浮かんでいる。

「瑠衣が私のこと……いや、ブライアン伯爵家のことを心配していろいろと考えているのはわかっている。だが私が一番聞きたいのは、たった一つだ。瑠衣は私のことを愛しているかい？」

「そんな……何を……」

愛していないと言えば、それでレックスとの関係は終わるかもしれない。それこそ瑠衣が望んでいるもので、レックスを瑠衣から解放し、前へと進ませるきっかけになるはずだ。

「私は……君を……」

だがどうしても言えない。喉まで「愛していない」という言葉が出てきているのに、その言葉を吐き出すことを全身が拒否していた。

愛している人に嫌いだと嘘がつけるほど、瑠衣はまだ大人ではない。

だから瑠衣には彼を説得するしか方法がなかった。

「……レックス、私たちは貴族でブライアン伯爵家の子供だ。それぞれが家のための結婚をしないとならない。特に私は今までそれだけの恩恵を伯爵家から受けてきた。それを忘れてはいけないんだ」

「瑠衣、私はそんなことが聞きたいんじゃない。もし、家のことも何もなく、私たち二人のことだけだったら、瑠衣は私のことを愛してくれたか？」

「家のことも何もなく……？」

「そうだ。もし君が望むなら、私は君を諦めてもいい。だからはっきり教えてほしい」

諦めてもいい――。

心臓が締めつけられるような痛みが瑠衣を襲う。こんなにも彼に自分との恋を諦めてほしいと願っているのに、いざ言われると心が引き千切られそうだった。

「君が私のことを愛しているのか、そうでないのか……瑠衣、教えてほしい。今のままでは、私は地獄の業火に焼かれているのと同じだ」

レックスの未来が輝かしいものになることを望んでいるだけなのに、結果的に彼を苦しめることになってしまう自分に、瑠衣はもがき、そして腹が立った。

君の幸せを祈っているのに――。

たった一つの願いも思うようにできない自分の非力さに嫌気が差す。

こんなにも愛しているのに――。

「瑠衣——」

レックスの手が瑠衣の手を優しく握ってきた。彼の熱が瑠衣の心に伝わってくる。頑(かたく)なになっていた瑠衣の心を溶かそうとしているようだ。

一度だけ、一度だけでいい。神様、もし許されるなら、レックスに私の想いを伝えさせてください——。

伝えても彼が伯爵家の息子として責務を全うしてくれるのなら、言いたかった自分の気持ちを伝えたい。

瑠衣は改めてレックスの顔を見上げた。いつもは凛々しいはずの彼の顔が、切なげに歪められている。

こんな顔を彼にさせたくなかった。そしてこれから将来も、彼の悲しむ姿を見たくない。刹那、彼を想う気持ちが瑠衣の胸を締めつける。それに絞り出されるようにして本心が唇から零れ落ちた。

「愛している、レックス——」

「っ……」

彼が息を呑む。

「愛している、愛している、愛している、レックス——」

一度口にした想いは堰(せき)を切ったように溢れ出した。ついには涙さえ零れてしまう。

「瑠衣――」

背中がしなるほど、きつく抱き締められる。このまま時間が止まればいい。レックスと一緒にいると、いつもそう思ってしまう。

「私も愛している、瑠衣。君が本当に嫌がるのなら、諦めてもいいと思うほど、君の気持ちを優先することも考えていた」

「レックス……」

「もう少しだけ待っていてくれ。そして待っている間、マーベリンはもちろん、私以外の誰かを選ぶことはしないでくれ」

「だがレックス――」

レックスが瑠衣の唇に人差し指を押し当てた。それ以上言うなということだ。

「レックス……」

「私を信じてくれ」

レックスは瑠衣の涙に濡れた頬に唇を寄せる。そしてそのまま頬を伝い、瑠衣の唇に優しく口づけをした。

◆

Ⅶ

◆

パンケーキ・レースが終わり、その翌日の授業後、レックスは義父の経営する会社の一つに出掛けていた。

本当はもっと早く来たかったが、二月はイベントが立て続けにあり、キングの役目上、どうしても抜けられなかったのだ。

だが、そんな突然の来訪にもかかわらず、多忙な義父はレックスのために時間を空けてくれた。

「急にどうしたんだ。お前がわざわざ会社に来ていると聞いて驚いたよ。瑠衣からキングとして、忙しくしていると聞いているぞ。何かあったのかい?」

通された社長室で、秘書がコーヒーを用意して部屋から下がると、義父がレックスの来訪に少し驚きながら話しだした。それもそのはずだ。レックスもまた血の繋がらない息子として義父には遠慮し、こうやって個人的に会うことなど、今まで皆無だった。

「私の学校生活のほうは大丈夫です。キングを目指した時からこの忙しさは予想の範疇（ちゅう）でしたから。それより義父さん、先日、耳にしたのですが、伯爵家の観光部門が芳しくないとのことですね」

「ああ、エレーナから聞いたのかい？　恥ずかしい話だが、かなりの負債を抱えてしまってね。今、清算しているところだ」

「瑠衣をそのためにマーベリン家に嫁がせると聞きましたが」

　するとそれまで穏やかに話していた義父が少しだけ厳しい顔になる。

「その話は少し語弊がある。私自身はまだ瑠衣を嫡男から外すつもりはないからな。ただ、エレーナの話も一理あるし、瑠衣自身がオメガに覚醒し、伯爵家を継ぐことをプレッシャーに思うなら、無理に継げとは言えない。今まで死んだ妻との約束で、瑠衣を次期当主にすることを望んでいたが、当主になることだけが瑠衣の幸せではないと、エレーナの話で気づかされたよ。今は瑠衣の思うまま進んでほしいと願っている」

　義父はまだ亡くなった先妻を愛している。母もそれを承知で結婚した。義父もまたブライアン伯爵家に女主人が不在であることが許されず、家のために結婚した一人だ。

「私は義兄さ……いえ、瑠衣から、伯爵家の恩恵を受けてきたのなら、伯爵家のために生きていかなければならないと教えられました」

　敢えて『瑠衣』と呼ぶことで自分の感情を義父に示した。だが義父はそれを気にすることなく受け流す。

「そんなことを瑠衣が言ったのか……。あの子は真面目だからな。だが間違いではない。ブライアン伯爵家を盛り立てていくのは、その爵位を受け継ぐ私たちの使命だ。おろそかにはできない」

レックスは膝に置いていた拳をきつく握った。

「義父さん、実はお話があります」

さすがにレックスも緊張する。だがこれは必ず通らなければならない関門だ。

「改めてなんだね？」

「――私は瑠衣を愛しています。彼と添い遂げたいと思っています」

「そうか。いや、随分前からそうではないかと思っていたよ」

義父に驚かれるかと思ったが、義父はいたって冷静だった。それよりも義父が気づいていたことにレックスのほうが驚かされた。

「義父さん、私の気持ちをご存じだったのですね」

「お前が我が家に馴染んでくれたのは、瑠衣の存在が大きいことは知っていたからね」

その通りだ。子供の頃、伯爵家の使用人に軽んじられ、居場所がなかったレックスにいつも寄り添ってくれたのは瑠衣だった。

「確信はしていなかったが、そうではないかと思っていただけだ。だがそれでも思い過ごしであればいいとは考えていたがね」

義父にとってあまり歓迎すべき内容ではないことを遠回しに言われる。

「お前にも類いまれなる才能がある。なにも瑠衣に拘らなくとも、その才能を生かせる家に婿入りしてもいいのではないか？　またはお前はお前の能力が生かせる場所で生きてもいいと思うが、どうだろうか？」

暗に瑠衣との結婚は諦めるよう勧められるが、レックスは頑として立ち向かった。

「……私にも瑠衣にも責務があるとは思います。二人がそれぞれ名家と婚姻を結べばブライアン伯爵家にとって利があることもわかります」

だからこそ瑠衣は悩んで伯爵のために利益となる家へ嫁ごうとしていた。

「ですが、私たち二人で必ずそれ以上にブライアン伯爵家を盛り立てていきます。どうか私たちが結婚を前提につき合うことを認めてくれないでしょうか」

瑠衣を幸せにしたい――。

そのためには瑠衣の不安を取り除いておくことが必要だった。義父の了承はその最たるものだ。レックスはじっと義父が口を開くのを待った。どれくらい経っただろうか。時計の針の音だけが響く静寂な空間に、突如義父の声が響いた。

「瑠衣のつがいはアルファでなければならないが、資産もそれなりに持った相手でもなければならない」

伯爵家のような爵位の高い身分のオメガは希少だ。瑠衣を欲しがる上流階級の人間はたくさんいるだろう。マーベリン家でなくとも、伯爵家に利益をもたらすような家門から、今後も結婚の申し込みが殺到するに違いなかった。

「レックス、確かにお前はアルファで、エドモンド校のキングでもある。だが今はまだ私の義理の息子であるだけで、何も後ろ楯がない。瑠衣のつがいとしてはいささか力不足だ。諦めなさい」

義父の冷たい声に、息が止まりそうになる。出したくなかったが奥の手を出すしかないようだった。レックスは懐からスマホを取り出すと、手早く目的の画面を呼び出す。そしてそれを義父の前に差し出した。

「なんだね？　この金額は」

「私が現在自由にできる資産です。脅したくはありませんが、義父さんの会社の三分の一の株式は手に入れられるでしょう」

一般的に三パーセントの株式を手に入れただけでも、かなりの発言権や役員解任の請求権等を得られるが、三分の一を手にするとなると、事実上、レックスの思い通りに会社を動かせることになる。

「どういうことだ？　なぜ、お前がこんな大金を……」

「私が起業した事業が成功していることはご存じですか？」

「ああ、瑠衣からも聞いているし、秘書からも報告が上がっている。息子として誇らしいと思っていたが……まさか、これほどとは……」

「新たに外食産業を展開することにしました」

　本当は大学に入ってからゆっくりと始めようとしていたものだった。今まではノンアルコールでのカクテルを提案して店に置いてもらっていたが、今度からは通常のカクテルと遜色のないノンアルコールのカクテルが一緒に置いてあるレストランバーを展開することにしたのだ。いずれは外食だけでなく、中食にも視野に入れている。

　そしてこの事業に、前から興味を持っていたカーミディにも一枚嚙ませたのだ。

＊＊＊

　以前からノンアルコール事業に興味を持っていたカーミディに、レックスは投資を持ちかけた。

　カーミディの母国を含む、アラブ諸国ではアルコールはご法度だ。そのためカーミディはレックスの事業に大いに興味を示していたのだ。

「カーミディ、私に投資する気はないか？」

　あの日、フィフティーン・ドミトリーズの裏イベントが終わった後、キングの間でレックスはカーミディに声をかけた。

「投資？　アラブ地域における、君のノンアルコール商品の販売権のことかい？」

「それもあるが、外食産業を始めようと思っている」

その提案に、彼の片眉が軽く跳ね上がった。興味があるということだ。

「ほう……、まだエドモンド校生であるうちは、外食産業には手を出さないとか言っていなかったか？　気が変わったのか？」

「ああ、ノンアルコールの販売権に、これから新たに進めるレストラン業の、アラブ圏の経営権を買わないか？　今なら早期購入ということで安くしておくぞ」

「ふぅん……。なるほど、それはブライアン義兄に何かあったということかい？」

すぐに言い当てられてレックスは苦笑するしかなかった。さすがカーミディと言うべきか、それともレックスがわかりやすいと言うべきか。

「まあ、そういうことだ。話が早くて助かるよ」

「君が自分の考えを変えるなんて、あの義兄殿に関係していることしかないからな」

当てるのは造作もないとばかりに、カーミディがニヤリとした。

「大学に入ってから、しっかりと事業の地盤を固めた上で成長させ、その利益の大半をまずは私のものにしようと思っていたが、少々問題が出てね。そこで君にもエドモンド校の悪友の一人という縁で、稼がせてやろうと思っただけだが？」

「フッ、なかなか言うな。まあ、その話、詳しく聞かせてもらおうじゃないか」

不敵な笑みを浮かべたカーミディの顔が友人から投資家の顔へと変わった。

レックスは元々ある自分の資産に、そうやってカーミディに投資させた資金を足した金額を義父に見せたのだ。

＊＊＊

「はぁ……お前は本気なのだな」

義父は額に手を当てて呆れたように呟いた。

「冗談で瑠衣をつがいにしたいなどと言いませんよ、義父さん」

「よくわかった。それでお前は私の会社の株を買い占める気なのかい？」

食えない狸オヤジの笑顔にレックスも人の悪い笑みで応える。

「それは最終手段ですよ。まずはマーベリン家の手を借りなくても、私が出資できることを義父さんに示したかっただけですから」

義父はじっとレックスを見つめていたが、ふっと視線を外した。

「私は息子の金をあてにするような親ではない」

「ですが、それでは瑠衣が犠牲になります」

身を乗り出して訴えた。資金など瑠衣のためならいくらでも出せる。そう思って提案したというのに、義父は断固として受け取らない姿勢を示した。

「先ほども言っただろう？　清算中だと。観光事業からは撤退するつもりだ。確かに大きな稼ぎ頭の一つだったが、事業の一つくらい失敗したとしても、私自身でどうにかする。家族を犠牲にする気はない。マーベリン家との結婚話が出たのも、オメガの当主では瑠衣がしなくてもいい苦労をするかもしれないと、エレーナがいらぬ気遣いをしたからだ。資金を提供してもらうためではない」

「なら、瑠衣は家のために結婚しなくてもいいということですか？」

まずは一安心だ。まだ自分が瑠衣と結婚することの許しはもらえていないが、ことを急ぐと上手くいかないことが多い。今日はこれで引き下がったほうがいいかもしれない——。そうレックスが思った時だった。義父がふと口を開いた。

「そのお金はレックス、自分のために使いなさい。いや、もしかしたら将来、瑠衣と二人で使う時が来るかもしれないな」

思わずレックスの躰が固まった。今ほど驚いたことがあっただろうか。驚きすぎて頭が真っ白になり、反応が遅れてしまった。

「っ……と、義父さんっ！　それはどういう意味ですか？」

レックスのあたふたした珍しい様子を見たせいか、義父が楽しそうに笑う。

「ハハ……、実はお前の本気がどこまでなのか、試してみただけだ。親莫迦かもしれないが、元々瑠衣には家にいてほしかったのが本音だ。よい婿を貰うのが夢だったが、果たしてお前は私の夢を叶えてくれるのだろうかね」

「叶えます」

真剣に答えた。すると義父の表情もいつの間にか真剣なものになっており、レックスもまた、今が自分の気持ちを伝える時だと気づいて、そのまま自分の決意を口にした。

「瑠衣がオメガの当主となって、万が一、社交界で不当な扱いを受けたとしても、私が矢面に立ちます。将来、ブライアン伯爵当主はあくまでも瑠衣で、私はそのサポートをしていきたいと思っています」

瑠衣の代わりに実権を握ろうなどとは思っていない。レックスは自分の事業を発展させつつ、ブライアン伯爵家の繁栄にも繋げていきたいと考えていた。

そして愛する瑠衣との子供に、そのまま豊かで平和な伯爵家を継がせられるような幸せを願っている。

「お前も私の息子だ。息子同士が結婚することに躊躇(ためら)いがないと言えば嘘になるが、瑠衣がお前とどうしても結婚したいと言うのなら認めよう。あくまでも瑠衣の意思次第だ」

「っ……ありがとうございます、義父さん」

「まだ喜ぶのは早い。お前の資産が減るようなことがあったら、瑠衣と別れさせる」

どこまで冗談かわからないが、レックスは義父の言葉を胸に刻み込んだ。

義父の会社から自宅まではタクシーで三十分ほどだ。レックスは学校に戻る前に、母がいるはずのスローンスクエアの自宅へと寄った。

「あら、あなた、戻ってくるなら連絡をくれればいいのに。夕飯は食べていくのでしょう？」

母は、突然顔を出した息子に驚きながらも迎えてくれた。彼女自身は観劇から戻ってきたばかりらしく、まだ外出着を身に纏っている。

「いいえ、夕飯はいらないですよ、すぐに学校に戻りますから。母さんに話があって寄ったんです」

「すぐに戻るって……、私が着替える時間もないのかしら？」

母は冗談でそう言ったようだが、それこそレックスが願っていたことだったので、肯定した。

「ええ、母さんの着替えは長いですから、勘弁してください」

レックスの言葉に母は呆れながら軽く肩を上下させる。

「そうしたら、お茶だけでも。ミレー、お茶の支度を」

母は使用人に指示すると、客間にレックスを通した。二人がソファーに座ると、すぐに軽食と紅茶がサーブされる。簡単なアフタヌーンティーだ。

「それで、忙しいあなたが、私に会いに来るなんて、どういう風の吹き回しかしら」

母が嫌み交じりに口を開き、優雅にティーカップを持ち上げた。

「母さん、今回の瑠衣の結婚話。あなたの仕業でしょう?」

単刀直入の質問に母は視線だけをこちらに向け、その双眸を細める。

「仕業だなんて……。瑠衣さんはオメガに覚醒してしまったでしょう? 外部からアルファを婿に取ったとしても、実権を婿に握られたら、ブライアン伯爵家の血筋に関わる話になるわ。伯爵家のために瑠衣さんには早々に辞退していただいただけよ」

母の言葉にレックスは小さく笑った。

「浅はかな理由ですね。それで私が納得するとでも? もしあなたが瑠衣を嫡子から引きずり下ろそうとするなら、それなりの覚悟をされたほうがいい」

母の整えられた眉が怪訝そうに歪む。

「どういうこと? まさかあなた、瑠衣さんに家督を譲ってもいいと言うの? 確かにあなたが伯爵になることはできないけど、あなたの実の弟、ヘイゼルはなれるのよ」

「なれませんよ」

氷のように冷たい声で否定する。だが母は食い下がった。

「どうして?」

「私が阻止しますから」

はっきりと宣言するが、母はなお、言い募る。

「だからどうして？　まさかレックス、あなた自分がなれないから、弟が伯爵になるのが嫌なんて、子供っぽいことを言うのではなくて？」

母の見当違いの言葉に笑いが出てきた。

「それこそまさか、です。ブライアン伯爵家の次期当主は瑠衣です。私やヘイゼルではありませんよ、母さん」

「な……」

ティーカップを持つ母の手が、怒りなのかぶるぶると震えるのが見て取れた。相変わらず欲深い母には呆れるしかない。

「母さん、あなたが少し欲を抑えればすべてが丸く収まるんです。あなたの子供、ヘイゼルは爵位を継げませんが、あなたの孫は爵位が継げる」

「どういうこと――――？」

母の瞳が大きく見開く。

「私と瑠衣の間に生まれた子が跡継ぎとなるということです。母さん、これ以上、瑠衣に何かをしたら、あなたはすべてを失うことになるでしょう。この辺りで自分の欲と手を打ってください」

「レックス、あなたは瑠衣さんと義兄弟なのよ。結婚なんて……そんなこと、許されるわけがないわ」

「血は繋がっていませんよ。あなたが伯爵と結婚しなければ、私は瑠衣とは赤の他人だった。ですが、逆に言えばあなたが伯爵と再婚してくれたから瑠衣と出会えたのだから、そこは感謝していますよ、母さん」

母の顔がみるみるうちに鬼の形相になった。

「レックス！　瑠衣さんが当主になったら、私の立場は微妙になるのよ。母のことも考えてちょうだい！」

結局は自分のことしか考えていない母だった。

「微妙にはなりません。あなたは私の母だ。当主のつがいの母です。将来、当主になった瑠衣には逆らえませんが、欲をかかなければ、今まで通りの生活はさせてあげますよ」

「へイゼルはどうなるのっ。あの子がもしアルファに覚醒したら、瑠衣など――っ……」

母が息を呑んだ。レックスから殺気が溢れ、母を圧倒したからだ。

「それ以上言ったら、母さんであろうが、許しませんよ。それにこの話はもう義父さんの許しを得ています」

「レ、レックス……」

母の声が震えるのを耳にしながら、レックスは己の殺気をしまい込んだ。

「ヘイゼルが、どのバースに覚醒するかわかりませんが、所詮は三男です。伯爵家のために働いてもらうしかありません。伯爵家の子息としての務めを果たせば、結婚して独立する際に、ブライアン伯爵から持っている他の爵位のどれかが貰えるでしょう」

レックスは、話はこれで終わりだとばかりに席を立った。すると母がキッときつく睨む。

「あなたは私の味方だと思っていたけど、そうではないの？」

「私は母さんが欲に染まって、正妻の座を得ただけでなく、次期当主の前妻の息子まで追い払おうとする姿が見ていられないんですよ。再婚する前の母さんは貧乏でも、そんなことをする人ではなかった。たぶん義父さんも、あの頃のあなたを愛していたんだと思います。もう分不相応な野心は持たれないほうがいい。それがあなたのためでもある」

母は思い当たることがあったのか、口を閉じて固まる。レックスはそんな母を一瞥し、客間から出た。

◆
Ⅷ
◆

二月が過ぎると、イギリスは多くの行事が続く。

まずはエドモンド校では、普段から読書を嗜む生徒だけでなく、本嫌いの生徒まで急に本を読み始める。三月の第一木曜日のワールドブックデーに提出しなければならない感想文のせいだ。

「何を読もう。悩む～。簡単に感想が書ける本がいいんだけど」

「まだ本を決めていなかったのか？　人気な本は図書館や近場の書店にはもうなかったぞ。ネットで買うと時間がかかるから気をつけろよ」

「わぁ……出遅れた」

そんな会話があちらこちらで聞こえてくる。他校だと、本のキャラクターの仮装を楽しんだりする一日であるのだが、ここ、エドモンド校では、全員が感想文を提出しなければならず、しかも成績にも影響するため、皆、必死で本を読むという期間にもなっていた。

そしてそれが済むと今度はセント・パトリックスデーがやってくる。

この日は緑色のものを身につけて授業を受けるのだが、秘密の恋人同士が揃いで小物を持ったりするので、色恋に飢えている男どもが悔しさに吠える日でもあった。

「俺の憧れの君が……まさか、あの男と……いや、たまたまだ。たまたま同じものを持っていただけだ。落ち着け、俺」

「いや、もうあれ、確定だろ」

「言うなぁ～っ！　たとえ百パーセントそうだとしても、俺は認めん！」

他にも仲がいい生徒同士で緑色の小物を揃えて楽しんだりもし、生徒でいろいろ盛り上がるイベントでもある。

さらにこの時期には、イギリス名物、『ザ・ボートレース』も開催される。オックスフォード大学とケンブリッジ大学のテムズ川での決戦だ。これにはイギリス中から人が集まり、毎年お祭り騒ぎとなった。もちろんエドモンド校生も例外ではなく、皆、応援に夢中になり、自習時間がおろそかになるのは毎年のことだ。

そうやって世間が多くのイベントで騒いでいる中、瑠衣はレックスと一緒に実家へ出掛け、両親に二人の結婚を前提としたつき合いを認めてもらった。

「瑠衣が伯爵家を継ぐ覚悟をつけてくれて嬉しいよ。それになんと言っても、レックスが支えてくれるんだしな。これほど頼もしいことはない」

父は終始、上機嫌だ。一方、義母も以前よりも態度が軟化していた。

「瑠衣さんとレックスが結婚なんて……。本当に驚きだわ」

いつもより目に見えて瑠衣に優しく接してくれたのには少し驚いたが、ヘイゼルが二人の兄の結婚をとても喜んでくれたお陰もあって、家族も皆、笑顔となり、無事に両親への報告を終えることができた。

そして皆で話し合った結果、瑠衣とレックスはエドモンド校を卒業したら、まずは婚約をすることになった。瑠衣にとったら夢のようだった。

愛する人と結婚することを家族が祝福してくれる――。

そんな当たり前のようで当たり前でない幸せを、自分が手にすることができるとは思ってもいなかったからだ。

すべてはレックスが今まで努力してきてくれたお陰だった。だがレックスは瑠衣がいてくれたからこそ努力できたのだから、瑠衣のお陰だと言って一歩も引かなかった。

結局、お互いがお互いに感謝を示し、そしてこれからも共に努力して幸せになろうと約束した。

マーベリンもあれから、瑠衣に謝罪しにやってきた。瑠衣の幸せが彼の望むものであるから、レックスとの結婚を心から祝福したいとも言ってくれ、笑顔で別れた。

そうやって寒い冬から春の訪れを感じる季節、二人は多くのイベントと共に過ごしながら、四月のイースターに向けての準備もし始めていた。

イースターの朝は、特別な礼拝が行われ、日曜日であるが、寮生は実家に戻らず、一日中エドモンド校で過ごすのだ。

そんな彼らが一番楽しみにしているのが、礼拝が終わってからランチを挟んで夕方まで続くイベント、エッグハントだった。

寮ごとに行われるイベントで、各寮で競い合うことをせずに純粋に楽しむものである。いつも忙しく世話をしてくれる下級生を労う意味も兼ねて、四学年生と五学年生が、自ら綺麗にペイントした卵を作り、その中にプレゼントを入れて、寮中に隠す。

卵の中身はチョコレートなどのお菓子だったり、何かわからないおもちゃが入っていたり、クイズが書かれたメモだったり、時には高価なコインが入っていたりする。

だが一番下級生に喜ばれるのは『お願いチケット』だった。そのチケットが入っているエッグはたった一個。そのエッグを見つけた生徒は、金額六百ポンド以内のことであれば、願いが常識範囲内で叶えられるのだ。

どんなイースターエッグを見つけられるか、どれだけ見つけられるかは、生徒の運とされ、大騒ぎをしながら一日を楽しむというイベントだった。

そんなイベントを一週間後に控え、瑠衣たちもイースターエッグの製作で毎日遅くまで集まっていた。

「こうやって黙々とイースターエッグを作るって……平和だよな」

今夜も瑠衣はマンスフィール寮のサロンでノアたちと一緒にイースターエッグにペイントしていた。ひと昔前とは違い、エッグは笑いを取るために一部ゆで卵を使う以外は、ほとんどがプラスチックの卵だ。そこにカラフルな色を塗るのが瑠衣たちの役目だ。

「私は全然平和じゃないぞ」

隣で不器用なりにも卵の殻に一生懸命ペイントをしているノアが不服そうに呟いた。

「私の足の捻挫はほぼ治っているのに、君の義弟のお陰で、捻挫が完全に治っていないふりをするという茶番劇からいつ降りられるか、ずっと悩んでいるが？」

レックスが瑠衣をチェス会議に同席させたいとのことで、ノアにチェス会議が行われる時は、急に足が痛むとか適当に言い訳をつけて瑠衣をサポートでつき添わせるようにと、無茶ぶりをしてきたらしい。

「悪いな、私の可愛い義弟が、迷惑をかけて」

「まだ『可愛い』と言うか。『可愛い』というのは私の弟のようなことを言うんだぞ。あの悪魔のような男のどこが『可愛い』んだ」

「全部だ」

「……」

ノアは瑠衣の返答に無言で応え、そのまま作業に集中する。

「ノア、無視しないでくれないか。いいじゃないか、惚気（のろけ）ることができるのは君しかいないんだから……」

「そうやって君が私に話しかけるたびに、あの悪魔のような、君の目には『可愛い』と映るらしい男が、莫迦みたいに私に嫉妬してきて、息の根を止めようとしていることは知っているか？　あ？」

「嫌だな、ノア。大袈裟すぎだろう」

「いや、昼にキングと廊下ですれ違った時に、スナイパーのような目で睨まれたよ。あれ、ライフル持ってたら、絶対、撃たれていた」

レックスは入学当時からノアに嫉妬していたとのことだから、確かにそれは少しあり得る話かもしれない。瑠衣は苦笑して誤魔化した。

「あ、そういえば、瑠衣、結局、お義母さん、キングとの結婚、許してくれたんだよな？マーベリンとのこと何か言ってきたのか？」

瑠衣がフィフティーン・ドミトリーズの裏イベントでマーベリンの告白を断って、義弟のレックスと結婚を前提につき合うことにしたのを、義母から何か言われるのではないかとノアに不安を吐露していたので、気にしてくれていたようだ。

「それが、何も。二週間前、母の日に私がレックスと実家に帰ったのを知っているだろう？　花束を渡したんだが、お義母さん、その時もマーベリンのことを何も言わなかったんだよな。まあ、レックスと結婚を前提につき合うことをはっきり報告した後だから、もう何も言えなかったのかもしれないけど……」

イギリスの母の日は、三月の第四日曜日だ。その日、瑠衣も多少は覚悟して出かけたのだが、義母と途中二人きりになっても、結婚話にはまったく触れてこなかった。

もう結婚が決まったことだとしても、義母がお膳立てしたマーベリンとの結婚話を勝手に蹴って、レックスと結婚することにしたのだ。何か言われるのが当然と思っていたので、少し肩透かしのような感じも受けた。

「キングが裏で手を回したんだろうか」

「やっぱりそうかな。私たちのことを報告する前にも、レックスが前もって両親に伝えて了承を得たと言っていたんだ。だからすんなり両親に報告しに行けたんだが、お義母さんも賛成したっていうの、本当だったんだな……」

レックスからその話を聞いた時、実は半ば信じられなかった。父はまだしも義母が許すとは思ってもいなかったのだ。だからこそ、彼らを説得するのにレックスがかなり苦労したことは容易に想像できた。

「まったく、どうやって二人を説得したんだろう。きっと無理をしたに違いない」

「……なんとなく、どうやって説得したかは、想像できるよ」

そう言ってノアが苦笑すると、二人を呼ぶ声がした。

「寮長、副寮長」

一学年下、次期マンスフィール寮の寮長ナンバーワン候補と言われている御井所が声をかけてきた。

「エッグの中に入れるチョコレートが足りなくなりそうなので、買ってきましょうか」

「あ、悪い。出すのを忘れていたよ。実はジグソーパズル、特注で作ったんだ」

ノアがそう言って席を立ち、サロンのチェストからジグソーパズルのピースがいっぱい詰まった袋を取り出す。

「マンスフィール寮旗のジグソーパズルなんだが、これをエッグに入れるのもいいかなって思ってな」

「ジグソーパズルのピースですか」

御井所が少し驚いた表情を見せた。

「そう。みんなでエッグを見つけた後、ピースを合わせて一つの作品に仕上げるのも思い出に残るかなと思ってな。ああ、でもエッグ一個にワンピースだと、エッグの数がとんでもなくなるから、エッグいっぱいにピースを入れないと駄目かな」

瑠衣も袋の中をじっくり見る。五千ピースくらいありそうだった。

「ノア、これ、かなり難解なジグソーパズルだと思うぞ。寮旗の背景が全部同じカラーじゃないか。完成させるのがとんでもなく難しそうなんだが……」

「だからいいかなって思ったんだ。皆が苦労して作ってくれて、そして寮のどこかに飾ってくれたら、それだけで私たちもわくわくしないか？」

ノアが少年のような顔をして説明し始める。

寮にはかつての先輩方が置いていった品物がたくさんある。どうでもいいようなガラクタから、家宝ではないかと思われる高級品までさまざまな置き土産（みやげ）があるのだ。

それがサロンや娯楽室、廊下、食堂などに無造作に置かれてあり、違和感なく寮生たちの日常に溶け込んでいた。

この寮旗のジグソーパズルもパネルに入れて、どこかに飾ったら、きっと何年か先、いや何十年先もこのマンスフィール寮に思い出として残るだろう。

「いい案だな、ノア」

「だろ？」

下手なウィンクで返すノアに瑠衣が笑うと、御井所も上級生たちの少年の心をわかってくれたようで一緒に笑った。

「では寮長、こちらのジグソーパズル、エッグの中に詰めますね」

御井所はジグソーパズルが入った袋を受け取ると、エッグへの詰め込み作業をしている生徒たちのほうへ戻っていった。

「たくさんイースターエッグを作らないとな」

「目標は三百個だ。マンスフィール寮の寮生はどこの寮よりもイースターエッグが多く、皆が楽しんだと、知らしめないとな」

ノアがガッツポーズをするのを見て、瑠衣はやはりノアが寮長で間違いなかったと改めて確信したのだった。


イースターの日曜日は、いつもと違い、朝から皆がそわそわしていた。

下級生は上級生の支度を手伝い、上級生が朝食を食べた後に急いで朝食をとり、大聖堂へと走っていく。ここまではいつもと同じだが、ここからが特別な一日となった。

まずイースターの特別礼拝はいつもより三倍ほど長い。そうして特別礼拝が終わると、いよいよ各寮でエッグハントが開始されるのだ。

「イースターエッグは、このマンスフィール寮の敷地内で、公共エリアに三百個隠してある。いいものが入っているものもあれば、残念なものもある。いいか、我がマンスフィール寮の寮生たちよ、すべて見つけてその幸運を勝ち取れ！」

「おおっ！」

サロンに野太い声が響く。皆、頭にはウサギの耳をつけ、片手にはイースターエッグを入れるための籠(かご)を持っているので、なんとも異様な光景だった。

「なお、ハウスマスターが管理しているプライベートエリア、各自の部屋にはエッグは隠していない。立ち入った者は収穫したエッグをすべて没収するから、くれぐれも気をつけるように」

以前、遊び半分で寮生の部屋に入って問題を起こした生徒がおり、それからは代々、先輩からこのルールを受け継いでいる。

「以上だ。健闘を祈るっ！」

「アイアイサー！」

まるで海賊のような威勢のいい声を上げる者もいて、皆の笑いを誘いながら寮生たちは早速散らばっていった。

「さて、我々はしばらくゆっくりチェスでもして時間を過ごすか」

ノアの声に、監督生や上級生がそれぞれの好きなことをし始める。あくまでもエッグハントは下級生へのプレゼントイベントであり、上級生はその手伝いや、隠し場所のヒントを教えたりして、一日ゆったりと過ごすのが慣習となっていた。

それは、エドモンド校ともうすぐ別れなければならない上級生に、エドモンド校、そして住み慣れた寮をしっかりと胸に刻みつけられるように用意されたイベントでもあるかもしれない。

四月――――。六月で最終学期が終わるので、今年度もあと二か月だった。五学年生にとっては、この麗しく輝かしい時間と別れを告げなければならない時期に来ている。

「瑠衣、この間の続き、やろうぜ。今度こそ負けないからな」

ノアがチェス盤を指さして戦いを挑んできた。瑠衣は感傷的になっていた気持ちを胸にしまい込んで、笑顔を浮かべる。

「今度も勝たせてもらうさ」

「今日のランチのデザート、チョコレートを賭けるぞ。勝ったほうが奢る！」

ノアがそう言うと、同学年の生徒が集まってきた。

「私も賭けよう。瑠衣にチョコレート」

「では私も……そうだな、やはり瑠衣だな」

次々に声が上がるのを聞いて、とうとうノアが文句を言う。

「君たち、皆、瑠衣に賭けるとは酷いぞ。私にも賭けろよ」

「いや、昔から負け戦はしないと決めているんだ」

「それは私の負けが決まっているということかぁ～」

ノアの叫びに大勢の笑い声、サロンもいつもより騒がしい一日が始まった。


ランチをとり、昼も残りのイースターエッグを探しにウサギの耳をつけた下級生たちは寮敷地内を探し回る。瑠衣たちも昼からはイースターエッグの隠し場所のヒントを下級生にクイズ形式で教えたりした。

生徒によってはすでに十個以上もイースターエッグを見つけて籠に入れている強者もいる。

そんな中、キングであるレックスがマンスフィール寮にやってきた。陣中見舞いということで差し入れを持って各寮を回っているのだ。

この日は無礼講とばかりに下級生も親しくキングに話ができるので、皆、頭につけたウサギの耳をゆらゆらさせながらキングの周りに集まりだす。

「キング！　我が寮はイースターエッグがこんなにあるんですよ。他の寮はどうですか？」

「どの寮もイースターエッグはたくさん用意しているようだな。どこも探し終えるのは夕方になりそうだよ」

「よし、我が寮が一番早く探し終えよう！」

元気がある一団は、そのまま再びイースターエッグを探しに走っていく。

「ウィルソン」

レックスが寮長であるノアの名前を呼んで、こちらへ近づいてくる。瑠衣は胸の鼓動が高鳴るのを感じずにはいられなかった。ここ一週間ほど、イースターの準備がお互いに忙しくてレックスに会えずにいたのだ。

彼もまたノアの名前を口にしながら、実際は、視線を瑠衣に向けたままなので、思わず目が合ってしまい、瑠衣は自分の頬が熱くなるのを感じた。

「差し入れだ。皆で適当に分けてくれ」

レックスは大きな箱をノアに渡す。箱を開けるとイースターのウサギの形をしたマシュマロがいっぱい入っていた。

「ありがとう、キング。ティータイムの時に皆で食べるよ」

「ありがとう、レックス」

瑠衣も礼を言うと、レックスも久々に会う瑠衣を、優しげに双眸を細めて見つめてくる。

すると、いきなりレックスの背後から声がした。

「あ、こんなところにイースターエッグが」

まだサロンに残っていた下級生が声を上げたのだ。下級生が手に取ったイースターエッグは、『不思議の国のアリス』のウサギをモチーフにした可愛らしい絵柄である。

あれ？　あんなイースターエッグ、あったかな？

皆でペイントしたイースターエッグの柄は大体、覚えている。ノアも瑠衣と同じように感じたらしく、お互いに見合った。すると御井所が声を上げた。

「ああ、君、申し訳ない。それは私のだ。戻しておいてくれ」

「あ、すみません。元に戻しておきますね」

下級生は慌てて今手にしたイースターエッグをすぐにクッションの下へと隠し、そして逃げるようにしてサロンから出ていった。

どうしてかなんとなく変な空気が流れるが、御井所が声を出したことで周囲の雰囲気が変わる。

「寮長、ちょっとお話があるのですが、こちらによろしいでしょうか」

「ん？　どうした？」

ノアもわけがわからない様子で御井所のところへ行く。上級生である寮長を呼びつけるという失礼なことを、意味もなく御井所がするはずがない。ノアもそう思って動いたようだった。

「どうしたんだろう、御井所……」

瑠衣がそう言うと、レックスが手で顔を押さえて小さな声で話しかけてきた。

「少しいいだろうか、瑠衣」

「え？」

レックスに視線を戻すと、心なしか彼の顔が赤いような気がする。

「失敗した……」

「え？　何が？」

どんどん意味がわからなくなった。瑠衣がきょとんとしていると、レックスがいきなり手を引っ張る。

「ええ?」

そのまま先ほど下級生が戻しておくと言って、クッションの下に隠したイースターエッグを、今度はレックスがクッションの下から取り出したかと思うと、瑠衣を連れたままサロンを出た。

「レックス、それ、御井所のエッグ……」

「私のだ」

「え?」

「私がここに来た時に、隠したイースターエッグだ」

「え? だけどさっき……御井所が自分のものだと? あ……」

一気にいろいろと繋がった。きっと御井所はレックスがクッションの下にイースターエッグを隠したのを見ていたのだ。そしてそれを下級生が見つけてしまったので、機転を利かせて自分のものだと言って止めてくれたに違いなかった。

「どうしてイースターエッグを隠したんだ?」

「君に見つけてほしかったからだ。それに見つけられるように私が誘導しようと思っていたし……」

「御井所には、バレバレということか」

「そういうことだな」

レックスは勝手知ったる他人の寮とばかりに、スムーズに瑠衣の個室へとやってきた。仕方なく瑠衣は部屋のドアを開ける。するとレックスが笑いながら話しかけてきた。

「いつもは窓からこの部屋に入るから、ドアから入るのは新鮮だな」

「これが普通なんだけどな」

ドアを閉めながら呆れた顔でレックスを見上げると、彼が少し緊張しているのが見て取れる。そう言えば瑠衣を摑んでいる手もわずかに震えている気がした。

「レックス？」

彼が瑠衣に向かい合う。顔が近づいてきたかと思うと、そっと口づけされ、唇が離れる。彼のエメラルドグリーンの瞳が熱を帯びて瑠衣を見つめてきた。

「レックス……」

瑠衣の声に彼が跪いた。そして先ほどのイースターエッグを瑠衣の前に捧げる。

「どうか受け取ってくれ」

言われるがまま、可愛いウサギが書かれたイースターエッグを受け取った。

「中を見てくれないか」

促され、その蓋を開ける。

「っ――」

中には大きなダイヤモンドの指輪が入っていた。とても高価なものだということだけは、瑠衣でもわかる。

「これは……」

瑠衣がイースターエッグから指輪を取り出すと、レックスがそれを手に取り、瑠衣の指に嵌めた。

「瑠衣、愛している。改めてきちんとプロポーズをさせてくれ」

「レ……レックス」

「瑠衣、私と結婚してくれ。もちろん大学を卒業した後でいい。どうか私とつがいになることを選んでくれないか――」

「っ……」

「どうか――」

レックスが縋るかのように瑠衣の手の甲に唇を寄せ、そして指輪を嵌めた指にそのまま唇を滑らせた。

エドモンド校のキングで、望めばなんでも手に入る男のはずなのに、瑠衣のために必死になる彼が、どうしようもなく愛おしい。こんなに好きになる人は、レックスしかいなかった。

「レックス……私こそ、君しか愛せないのに……選ぶも何もない。私は君以外の人とは結

婚しない」

瑠衣はレックスの美しいシルバーに近いプラチナの髪に指を差し入れ、身を屈めた。そのまま彼の額にキスをする。

「瑠衣――」

レックスが立ち上がり、瑠衣を抱き締めた。

「愛している、瑠衣」

瑠衣のつむじに彼が口づけて囁く。瑠衣はレックスの肩口に頭を預けそれに答えた。

「レックス、私も愛している……」

「瑠衣、移動しないか？」

「え？」

「ここで事に及んでしまったら、さすがに皆に気づかれてしまう。ここを抜け出してボート小屋に行かないか？」

「ボート小屋に？」

エドモンド校の敷地には大きな川が流れており、そこで生徒らはボート競技を楽しんだりしている。特に五月に開催される『ザ・エイツ・ウィーク』は学年最後の行事だけあって盛り上がりも半端ではない。

ボート小屋というのは、その川岸に建てられた建物で、『小屋』と言うには大きい。昔はボートを管理する職員が住み込みでいたため、ボート小屋の一階はボートやその道具、二階は人が住めるようになっていた。

今は無人であるが、そこの鍵はキングが管理している。

「今日は皆、それぞれの寮の敷地からは出ないからボート小屋の周囲は誰もいないはずだ」

レックスが言わんとしていることが伝わってきて、瑠衣の頬が熱くなった。

「行こう、瑠衣」

「だが、レックス、君はまだ他の寮を回らなくてはいけないんじゃないか？」

「それは計算済みだ。回る順番は、この寮を最後にしたさ。瑠衣と久々に会えるのに、何も策を練らずにここに来るわけないだろう？」

そんなことを得意げに言われるが、褒めるべきか悩むところだ。

「さあ、瑠衣」

レックスが手を差し伸べてくる。たとえどんな状況でも、この手を取らないという選択は瑠衣にはなかった。

瑠衣はレックスの手を取って、初めて自分の部屋の窓から脱走したのだった。

ボート小屋の二階は瑠衣たちの寮の個室よりも大きい。リビングに当たる部屋の他に寝室、そしてキッチンとバスルームがついているのだ。

「ヒーターがついてる」

小屋の二階のリビングに上がってまず気づいたのは、部屋が暖かいことだった。四月になってもまだ寒いので、暖かい部屋はそれだけで幸せになれる。

「マンスフィール寮へ行く前に、ここに寄って、ヒーターをつけて出掛けたからな」

レックスが瑠衣を後ろから抱き締めながら答えてきた。

「服を脱ぐのに寒いだろう?」

「準備がよすぎるんだが、キング殿」

「時間を少しでも有効に使おうと努力した結果だよ、副寮長殿」

レックスが瑠衣の首筋にキスをする。それが擽ったくて、瑠衣は肩を竦めた。もう少し横にずれるとうなじになり、そこに歯を立てられたいと本能が訴えかけるのを瑠衣は理性で抑えつける。

「なんだか、見慣れない部屋だから、どこか旅行にでも来たようだよ」

「瑠衣とは何度か一緒に旅行に行ったが、恋人同士としては行ったことがなかったな」

レックスに促され、リビングのソファーに座った途端、彼の手が器用に瑠衣の制服を脱がせにかかっていた。

「もしかして、もう服を脱がせようとしているのも、有効的に時間を使うため？」

「ははっ、そうだな」

レックスは瑠衣をソファーに押し倒すと、服を一枚、そして一枚と剝ぎ取っていく。そのたびに瑠衣の裸体が露わになっていった。やがて白のブリーフ一枚になると、レックスは意地悪に瑠衣の下半身をブリーフの上から摑んだ。

「んっ……」

瑠衣は恥ずかしさのあまりに目を瞑った。するとレックスが息だけで笑った。

「そんな目を瞑って抵抗もせずに、私に好きなようにされてもいいのか？」

「……いいよ。私も君を好きなようにするから」

ふとレックスの動きが止まる。焦らされているのかと見上げると、彼の顔が変に固まっていた。そしてすぐに片手で自分の顔を隠した。

「……やばいな。私のことを好きにする瑠衣を想像しただけで勃ちそうだ。今もにやけて変な顔をしている自信がある」

「そんな想像するな、もう」

瑠衣がレックスの顔を隠している手に、自分の手を重ねると、簡単にその手が外れる。手の下からは相変わらず誰をも魅了する、男の色香に溢れた顔をしたレックスがいた。

「次は瑠衣の好きなようにされてみたいが、今日は久々の逢瀬だ。二人で一緒に愛し合いたい」

再びレックスの指が瑠衣の白のブリーフの上から、わずかばかりに頭を擡げ始めた下半身を揉みしだく。

「どうして下着を脱がせないんだ……っ……んっ……」

「そのほうが刺激的だ」

「あっ……」

「フッ……、少しシミができてきたな」

「……そんなことを言っている暇があったら、君も制服を脱げよ」

瑠衣はレックスのキングの制服を乱暴に脱がせる。彼はぞんざいに扱われているのに、笑って瑠衣にされるがままになっていた。まるでそうされるのが幸せだとでも言いたげだ。

実際、幸せなのだが。

レックスは瑠衣に全部衣服を奪われると、一糸纏わぬ姿で、改めて瑠衣に覆い被さってきた。

「待って、私も下着を……っ」

「君は脱がなくていい。今更だ」

「そんな……君は脱いだのに……あぁっ……」

瑠衣のブリーフの上から下半身を揉むレックスの手が、卑猥に動く。やがてブリーフがしっとりと湿りだしたかと思うと、彼の指がするりと下着の中へと滑り込んできた。直にレックスの指が瑠衣に触れる。

「んっ……」

下半身を緩急つけて扱かれ、くぐもった声が漏れてしまう。溢れ出す快感を凌ごうと喉を仰け反らせるが、そこにレックスが唇を寄せたためさらなる甘い熱に責められた。

「あっ……ふ……」

彼の唇がゆっくりと喉から鎖骨、そして乳首へと落ちていく。舌が押し当てられた柔らかい感触が、みるみるうちに淫猥な熱を伴う快感へと変わっていく。しかも下半身はすでにレックスに攻略され、熱の逃げ場がなかった。

「だ、め……レック……ス、それ、弱……いから……っ……あ……」

制止するもレックスはまったく聞こうともせず、それればかりか、瑠衣のブリーフを摘まんで片足だけ抜かせると躊躇いもなく劣情を口腔に含んだ。すぐに熱く湿ったものに覆われる感覚が襲ってきた。

「う……っ……あぁあっ……」

レックスの口の中は温かく淫らだ。先端を強く吸われ、下半身がひくひくと反応してしまった。同時に腹の底から淫らな熱が噴き上がり、そして渦巻き、瑠衣から理性を奪い去ろうとしてくる。

「ふぁ……あぁ……っ……」

瑠衣は甘い痺れに打ち震えながら、レックスのプラチナに輝くしなやかな髪に指を差し込んだ。

「はぁ……ふっ……」

レックスは瑠衣の先端を舌先でちろちろと舐めながら、竿（さお）を指の腹でするりと撫で、その付け根にある二つの蜜玉に指先を絡めた。そしてさらに手のひらで掴み、ビー玉を弄ぶかのように柔らかく揉みしだく。

「あっ……ん……っ……はぁっ……」

絶妙な強弱をつけて握られるたびに、度を越した快感が躰の中から溢れてきた。

「ブリーフもいいが、今度、オープンショーツのメンズ用をプレゼントするから、穿（は）いて、瑠衣」

レックスが咥（くわ）えながらしゃべる。彼の吐息が瑠衣の蜜部に当たり、下半身はびくんびくんと反応した。

「ばかぁ……」

自分でもびっくりするほど甘い声が出て、瑠衣は慌てて口を両手で押さえた。

「可愛い声だ。もっと聞かせてくれ」

彼の唇が触れたところから、躰が甘く蕩（とろ）け始め、ふわふわとした感覚に襲われる。

レックスは唇から瑠衣を放すと、今度は竿の部分に舌を這わせた。

「あっ……んっ……は……あぁぁ」

竿の裏筋を丁寧に舌でなぞられ、そのまま亀頭まで余すところなく丁寧にしゃぶられた。

「あっ……あ……」

鈴口を舌先で抉られ、溢れる喜悦に腰が揺れる。快感で躰の内の何かがはち切れそうだった。

瑠衣の蜜液かレックスの唾液かわからないものが竿を伝って、瑠衣の後ろの蕾を濡らし始めている。そこをレックスの指が撫で上げるようにして触った。刹那、電流のような鋭い感覚が瑠衣の背筋を駆け上がる。

「んんっ……」

同時に何度も鈴口に舌を差し込まれ、蜜を吐き出すように促された。甘く爛れた熱が瑠衣の躰を侵してくる。

「あ……それ、だ、め……放して……放し……ふあぅ……出る、出るか……らっ……」

蜜袋を揉まれながら鈴口を刺激されては、ウブな瑠衣などひとたまりもない。すぐに高みに達してしまった。

「あぁぁぁっ……」

淫らな蜜を義弟の口の中へと放つ。

「なっ……吐き出しっ……レック……あぁぁっ……」

吐き出すように言ったのに、レックスはその言葉とは逆に、きゅうと強く瑠衣を吸い、貪欲に蜜を飲み込んだ。

「レックスっ――――！」

彼の頭を下半身から引き剝がそうとしたが、あまりの快感に手に力が入らなかった。

吸い尽くしてようやくレックスが瑠衣の下肢から顔を上げ、満足そうに笑みを浮かべる。

「はっ……瑠衣の、甘いな」

「は、吐き出せ、レックス」

「もう無理だよ。飲んでしまったし」

「な……」

今回が初めてではないが、義弟に精子を飲まれるというのは、何度経験しても慣れないし、されたくなかった。瑠衣は仕返しとばかりに、実はつい先ほどから企んでいたことを口にする。

「レックス……君、さっき私の好きなようにされたい……って……言ったよな」

「え？　ああ、言ったが、それは今度……あっ……」

瑠衣はするりとレックスの下から抜け出し、床に落ちていた自分の制服からコンドームを取り出した。そしてもう一度レックスの膝の上に跨って彼の屹立にコンドームをつけると、レックスが驚いたように緑の瞳を大きくする。

なんとなくその様子に瑠衣はちょっと優越感を覚えた。義兄としては、いつもやられっぱなしでは嫌なのだ。

瑠衣は自分の腰の下で大きくそそり勃つレックスの劣情を手で支えると、そのまま双丘の狭間(はざま)で潤む自分の蕾に押し当てた。

「る、瑠衣っ！」

今度こそレックスは慌てふためいた。それもそのはずだ。騎乗位は瑠衣も初めての体位だった。

「んっ……」

彼の猛る肉欲が瑠衣の小さな蕾をじわじわと広げていく。瑠衣はレックスを悦(よろこ)ばせたい一心で、ゆっくりと腰を下ろした。

「大丈夫か？　瑠衣」

レックスが瑠衣に負担がかからないようにと腰を支えてくれる。

「あっ……」

レックスへの愛だけで己の隘路に彼を受け入れた。自分さえも知らなかった最奥まで彼の熱が入り込む。

「ありがとう、瑠衣……私のために、こんな大変なことを……」

レックスの低く甘い声に、瑠衣の下半身が淫らに震えた。

「今日こそ主導権は私が握り、君を好きにさせてもらうから……」

「瑠衣、主導権はいつも君にある。私は君に勝てたためしはないよ――」

彼の唇が瑠衣の唇を塞ぐ。とても優しく甘いキスだった。

好き――。

大好き――。

愛している――。

どの言葉も瑠衣の気持ちを表すのに足りない。

瑠衣はレックスの首に自分の手を回し、さらに深いキスをねだった。すぐに激しい口づけが与えられる。同時にゆらゆらと瑠衣は腰を揺らし、愛するレックスを煽った。

「堪らないな――」

レックスは人の悪い笑みを浮かべると、瑠衣の腰を持ち上げ、己の劣情を引き抜くと、すぐに最奥まで貫いた。

「んっ……あぁぁぁあっ……」

眩暈がするような愉悦が瑠衣の下肢でうねる。瑠衣の下半身が勢いよくそそり立ち、レックスの下腹に当たった。もはや己の昂ぶりを抑えることができない。

「瑠衣……っ……」

「んっ……はぁっ……」

ぎこちなく動く腰はレックスにとっては拙いセックスかもしれないが、瑠衣はレックスのためにできることはしてやりたいと思った。

「瑠衣――胸が痛い。幸せで胸が締めつけられそうだ」

「レックス……」

「瑠衣、愛している――」

再び唇を重ねる。瑠衣も慣れない体位で力を使い果たし、吐精できないままレックスの胸に躰を預けた。レックスはそんな瑠衣の腰を摑んで、上下に激しく動かし始める。

「えっ……あ……駄目、そんなの……激し……っ……あぁぁっ……」

とうとう瑠衣の劣情が破裂し、レックスの下腹部を勢いよく濡らした。だが、レックスの動きは止まらなかった。それどころか、レックスは腹筋を利用して起き上がると、そのまま瑠衣をソファーの上に組み敷いた。

「え？　レックス？」

「悪い、瑠衣。気持ちはとても嬉しかったんだが、その……これでは生殺しだ。今度は私の好きなようにさせてくれ」

「え？　あぁっ……ふ……」

再び激しく求められ、瑠衣はとうとう意識を飛ばしたのだった。

「天窓があったんだ……」

二人で毛布に包まり、リビングで寄り添いながらふと天井を見上げると、そこには窓があり、真っ青な空が広がっていた。

「気づかなかったな。瑠衣ばかりを見ていたから」

レックスがちらりと瑠衣を見て、素早くその頬にチュッとキスをしてきた。瑠衣はこそばゆい気持ちを持て余して毛布に顔を埋め、そっと呟く。

「夜空も綺麗かな……」

「きっと綺麗に見えるだろう。遮るものがないしな。今度は夜に来よう」

そんなことをすぐに口にするレックスに、瑠衣はくすりと笑った。

「キングが寮則を破るようなことを言っていいのか？」

上目遣いでレックスを見つめていた瑠衣の額に、彼がこつんと自分の額を重ねてくる。

「いいさ、瑠衣しか聞いていない」

レックスの吐息が瑠衣の鼻先にかかり、瑠衣はなんとなしに笑みを浮かべてしまった。するとと彼がまた瑠衣の頬にキスをする。それを黙って受け止めていると、今度は彼が顔中にキスし始めた。まるで犬がじゃれているようだ。

幸せだ。

瑠衣はキスを仕掛けてくるレックスをきつく抱き締め、彼のぬくもりを独り占めした。

「そういえば、ティータイムに間に合わなかったな。ノアにどう言い訳をしよう」

「彼なら上手く誤魔化してくれるさ。ディナーには間に合うから大丈夫だ」

軽くウィンクをするレックスを呆れ顔で見つめていると、彼が瑠衣の耳元で囁いてきた。

「卒業して婚約したら、君のうなじを嚙んでいいかい？」

その声に瑠衣の鼓動が跳ねた。ドキドキが止まらない。

「う……いいよ」

そしてエメラルドグリーンの瞳を間近で見つめ、瑠衣は自分の素直な気持ちを伝えた。

「私としては、もっと早くてもいいよ、レックス」

「え……」

レックスが固まった。それを見て瑠衣はクスッと笑うと、そのまま今度は瑠衣から彼にキスをした。彼は一瞬戸惑うと、すぐに笑みを零す。

「まったく……君には本当に敵わないよ」

天窓に再び目をやると、二羽の小鳥が楽しそうに並んで窓の縁に留まっているのが見えた。

◆　エピローグ　◆

十一月——。

エドモンド校の敷地に敷き詰められた黄金色の落ち葉の上を、冬支度に忙しいリスが勢いよく駆けていく。いよいよ冬の気配を感じる季節となっていた。

すでにエドモンド校を卒業してケンブリッジ大学に進んだ瑠衣とレックスは、本日、今期のキング選定会、及び戴冠式と言う名の任命式に出席するため、再びエドモンド校の門をくぐっていた。

「第四百三十二代のキングに、御井所由葵を任命する。我がエドモンド校に栄光あれ！」

前キング、レックスの声を機に、大勢の祝福の声、そして拍手が会場いっぱいに鳴り響く。中央にはレックスと、そして新たにキングに任命された御井所が立っていた。瑠衣はそれを眩(まぶ)しいものでも見るかのように双眸を細めて見つめる。

レックスがキングに任命されてから、本当にあっと言う間の一年だった。だがその一年は瑠衣とレックスにとって濃い一年でもあった。

出会ってから、寄り添いつつも絡まることのなかった赤い糸が、やっと結ばれたのだ。瑠衣にとっては、それは奇跡のような出来事である。

やがてキングの証である『王の聖杖』をレックスが手にし、目の前で跪く御井所の右肩に置いた。

「キングたる者、エドモンド校の教えに背くなかれ。腐敗することなく、誠実で謙虚であれ。弱き者への敬意と自愛を忘れず共生し、助け合い、そして擁護せよ。愛校心を持ち、仲間と苦楽を分かち合い、真実と誓言を違うことなかれ。愛は惜しみなく与え、いついかなる時も正義に忠実であれ」

四百年以上ずっと伝えられてきているキングの言葉だ。瑠衣もこの学校にいる間、毎年聞いており、改めて伝統、歴史の重みを肌で感じる。自分たちがエドモンド校の歴史の一部にいるのだと実感した。

「さあ、御井所、『王の聖杖』を受け取りたまえ。受け取ったその時から君がキングだ」

いよいよレックスがキングの座を辞する時が来た。瑠衣は固唾を飲んでそれを見守る。

愛する人の節目、節目をこの目に焼きつけて、人生を共に歩きたかった。彼の心に寄り添って、痛み、悲しみ、喜び、幸せを共有することができることを神に感謝したい。

レックス——君に会えたことが、私の最大の慶びだ……。

厳かな空間の中、御井所は跪いたまま恭しくキングから杖を賜った。途端、あちこちから歓声と拍手が響き渡った。

　レックス、お疲れさまでした……。

　瑠衣は自然と溢れる涙を指で拭う。

「お、ちょっと遅くなったな。ブライアンのキングもこれで見納めか」

「ノア！」

　隣にノアが立っていた。

「久しぶりだな、元気か？」

「ああ、元気だ。ノアも戴冠式……任命式を見に来たのか？」

「気になってな。我がマンスフィール寮からキングが排出されるかもしれないって聞いていたから、居ても立ってもいられなかったんだ。それに前キングが出席するんだ。きっと瑠衣も一緒に来るだろうと思ったし。そうなると、来ないわけにはいかないだろう？」

　ノアは下手なウィンクを瑠衣に見せた。相変わらずの彼に、思わず笑ってしまう。

「その割には遅刻したな」

「道が混んでいたんだ。でもぎりぎり間に合ったから許せよ」

「そういう時は、時間に余裕を持ってくるべきだろう？　元寮長殿」

「タイムスケジュール的なものは、昔から元副寮長殿にみんな任せていたんだから、仕方がないだろう？」

お互いに見合って口許を緩めた。卒業して半年はまだ経っていないが、こうやって話していると、昔に戻ったような気がしてくる。

「それにしても、本当に御井所に決まったんだな。すごいな、あいつは」

前日までの下馬評ではアークランドが一歩リードしていたのだが、そのアークランド本人が御井所に投票したというサプライズがあり、御井所が多数決でキングになったのだ。

「ではアシュレイ・G・アークランドをキングの補佐……クイーンとして承認する」

「ん、え？　クイーン？」

ノアと話していると、耳慣れない言葉が聞こえてきた。ノアが正面を見るのに釣られて瑠衣も前を見た。すると御井所がアークランドの手を取っているのが見える。御井所とアークランドは犬猿の仲で有名だったので、その様子を見て瑠衣はびっくりした。

「どういうことだ？」

ノアと話していたこともあって、どうしてそんな状況になっているのか、いまいち把握できなかった。ただ、レックスを見ると、にやにやと人の悪い顔で笑っているし、ホールもどっと笑い声に包まれていた。

任命式が終わると、エドモンド校の校長主催による正餐会(せいさんかい)が催された。前キングと新キ

ングのみが招待され、彼らを労うためにフルコースの料理が提供されるのだ。

一流のシェフによる料理だそうだが、レックス曰く、新キングに任命された時は、緊張してほとんど味がわからなかったらしい。今日こそは味わってくると言っていた彼の表情は、重責から解放されて晴れ晴れとしており、瑠衣も清々しい気分で彼を見送った。

レックスが正餐会に参加している間、瑠衣はノアに誘われてマンスフィール寮へ顔を出すことにした。訪問すると、皆、突然にもかかわらず、二人を大歓迎してくれた。

「寮長、副寮長！　じゃなかった、元寮長、元副寮長、お帰りなさい！」

お帰りなさいと言われ、瑠衣はノアと見合って自然と笑みが零れた。やっぱりこの寮に帰ってくると、ほっとする。

今回マンスフィール寮からキングが選ばれたこともあって、寮中がお祭り騒ぎだった。その中心のカウチにノアと瑠衣が座らされ、次々とお菓子や飲み物が出される。

「やっと我らマンスフィール寮に栄誉が戻ってきました！　あとは二週間後の新入生親睦会のフェンシングの試合に勝てば最高です！」

「新入生親睦会、今年のギネヴィア姫はどの寮から出るんだ？」

「コーパス寮の……誰だっけ？」

寮生の一人が別の一人に確認する。するとその寮生も知らずに、また他の誰かに聞き始めた。

「名前なんだったっけ？」

「よくある名前すぎて忘れた～。可愛い新入生だから顔だけ覚えてる」

「顔だけか！」

皆の楽しそうな様子を見て、瑠衣もほんの五か月前までこの寮にいたことを懐かしく思う。ノアも同じだったようで、やっぱり留年すればよかった、などと莫迦なことを口にした。ふとサロンの壁を見ると、イースターで作った寮旗のジグソーパズルが見事完成され、パネルに入れて飾られている。

「パズル、完成していたんだな」

瑠衣たちが卒業する時は、難しすぎてまだ完成していなかったのだ。

「こんなクレイジーなジグソーパズル、飾らずにおけるわけないでしょう。私たちの苦労の……いえ、青春の一ページとしてずっとここに飾っておきますよ」

寮生たちが笑いながら答えてくれ、思わずノアと二人で胸を熱くし、涙ぐんでしまった。

その後も皆から瑠衣たちが卒業した後のことを聞いたりと話は尽きないが、楽しい時間はすぐに過ぎてしまい、レックスと待ち合わせしている時間になる。

瑠衣はもう少し寮に残るというノアを置いて、後ろ髪を引かれる思いを抱きながら、待ち合わせ場所、校門へと向かった。

「レックス！」

校門ではすでにレックスが待っていてくれた。彼もまた正餐会の後、自分の寮、ウォーチェスター寮に顔を出してきたのだが、彼の傍へ駆け寄った際に、瑠衣は彼の目が少し赤いことに気づく。

「……レックス、寮の皆、元気だったか？」

「ああ、元気すぎて羨ましいくらいだった」

レックスが寮の様子を思い出すように、そっと目を閉じて答える。レックスにとっても、寮生が家族のような存在になっているのが瑠衣にも伝わってきて、彼の想いに胸が締めつけられた。ここで過ごした日々は、瑠衣だけでなく二人にとって、とても大切な宝物となっているのだと改めて感じる。

「……また来よう、レックス。きっと寮の皆も喜んでくれる」

「ああ、そうだな。だが私の場合は怖がられるかもしれないが」

レックスはそんなことを言って口許を緩めた。

「来月のクリスマスコンサート、楽しみだな」

瑠衣は黄金色に染まった木々の向こう側に見える大聖堂を見遣った。

来月はあそこでエドモンド校のトップクラスの聖歌隊『コンソート・クワイアー』のコンサートが行われるのだ。レックスも瑠衣に倣って見上げた。

以前、在校生として見上げる大聖堂の景色と、卒業してから見上げる景色は絶対に違うと思ったことがある。今、実際に見上げて、美しい思い出への切なさは残るが、瑠衣の胸には希望が溢れていた。

いつでも帰ってくるよ、エドモンド校――。

しばらく二人で見上げていると、寒さで瑠衣の躰がぶるりと震える。

「帰ろうか、瑠衣」

「そうだね。今夜はヘイゼルが私たちの帰りを楽しみにしているそうだよ」

今日はせっかくロンドンに戻ってきたので、実家に泊まることになっていた。

「じゃあ、このうなじの噛み痕(あと)、ヘイゼルに見せないように気をつけろよ」

レックスは瑠衣が巻いているマフラーの上から噛み痕がある場所にふわりと口づけた。

直にキスをされたわけではないのに、瑠衣の躰が熱くなる。

「……見せないよ、そんなの」

「ああ、誰にも見せるなよ、瑠衣」

そう言うと、レックスが瑠衣に向かって手を差し伸べてきた。

「行こう、瑠衣」

瑠衣はレックスの言葉に「ああ」と頷きながら、笑顔でその手をとったのだった。

あとがき

こんにちは、または初めましてゆりの菜櫻です。

エドモンド校シリーズ、第四弾になります。第四弾といっても、どれも違うカップルで読み切りになっておりますので、どの巻から読んでも大丈夫です。

もし順番を気にされる方がいらっしゃいましたら、『アルファの耽溺』→『アルファの執愛』→『アルファの寵愛』→本作『アルファの渇愛』になります。私の遊び心で、どれも最初の作品の主人公、由葵とアシュレイがかかわってきます。

今回は一作目『アルファの耽溺』でちらりと出ていたキング、レックスとその義兄、瑠衣の話になります。義兄弟ものですが、あまりドロドロしていません。

瑠衣は真面目でしっかり者ですが、義弟のレックスはいつもの攻めよりも、少し腹黒な面を多めに出してみました。私、腹黒悪役も大好きなのです。

瑠衣とレックスの背負う責任や背景、恋愛、その過程も細かく書いてみたのですが、恋愛感情に重点を置くと、ストーリーに動きが出づらくなって、己の未熟さに悪戦苦闘。

そんな中でも、しっかり遊び心、第二弾も（笑）。『既刊のキャラの出演』。

由葵とアシュレイの他、エリオット、ラングレーを出させていただきました。他のキャラも名前は出ませんでしたが、同じ空間にいたことに間違いはありません。脳内補完でお願いします（笑）。

あと、自分で書いていて気になったのが、カーミディ。アラブの王子様です。彼はどうしてキングになれなかったんだろうとか、恋人は？　などと、私が気になりました。何かありそうですよね（笑）。

今回も麗しきエドモンド校生を描いてくださったのは笠井あゆみ先生です。眼福どころか、眼が天に召されるレベルです。ありがとうございます。家宝が増えました。

担当様、今回もご指導ご鞭撻ありがとうございました。あまりの遅筆に自分でも嫌気が差していますが、日々、精神を鍛錬し、『早書きのおゆり』になりたいと思います。

そして最後になりましたが、ここまで読んでくださった皆様、ありがとうございました。少しでも楽しんでいただけると嬉しいです。

本作品は書き下ろしです

ゆりの菜櫻先生、笠井あゆみ先生へのお便り、
本作品に関するご意見、ご感想などは
〒101 - 8405
東京都千代田区神田三崎町 2 - 18 - 11
二見書房　シャレード文庫
「アルファの渇愛〜パブリックスクールの恋〜」係まで。

CHARADE BUNKO

アルファの渇愛(かつあい)〜パブリックスクールの恋(こい)〜

2023年 8 月20日　初版発行

【著者】ゆりの菜櫻(なお)

【発行所】株式会社二見書房
東京都千代田区神田三崎町 2 - 18 - 11
電話　03(3515)2311[営業]
　　　03(3515)2314[編集]
振替　00170 - 4 - 2639
【印刷】株式会社 堀内印刷所
【製本】株式会社 村上製本所

落丁・乱丁本はお取り替えいたします。
定価は、カバーに表示してあります。

ISBN978-4-576-23088-7

https://charade.futami.co.jp/

今すぐ読みたいラブがある!

ゆりの菜櫻の本

僕を諦めずに愛してくれて、ありがとう――

灼陽のアルファと消えた花嫁

ゆりの菜櫻 著 イラスト＝蓮川 愛

有名企業社長令息で現在は投資と翻訳で生計を立てる玲にかつての学友イルファーンから連絡が――婚約者が失踪したというのだ。富裕国の王子で、聡明で美しい彼がなぜそんなことに? 驚きつつもカシュラム王国へ飛んだ玲を待っていたのは、婚約者の身代わりを務めてほしいという頼みで!?